拯救世界吧！少女魔王！

魔王陛下的結束與新生！

07 END

少女魔王・莫忘
痞子學長・陸明睿
勇者大人・石詠哲

莫忘

表 女高中生。

裏 魔王陛下。

私 溫和乖巧，能體諒他人，是個外柔內剛的好女孩。

技 透過「做好事」積攢魔力值，以增加自己的速度、體質以及力量，並可藉此召喚新的守護者；可是若做了壞事就會被扣魔力值，導致體力下降。

石詠哲

表 男高中生，莫忘的青梅竹馬。

裏 勇者大人。

私 輕微驕傲，與他人相處還算隨和，但和莫忘在一起時卻相當的傲嬌。

技 被勇者之魂附體的情況下會使用出劍術，卻每次都被魔王「空手接白刃」；可透過「做壞事」積攢魔力值，召喚聖獸來為自己作戰。

陸明睿

表 莫忘的學長，穆子瑜的好友（損友？）

裏 陸家繼承人。

私 留著小辮子兼染髮的吊兒郎當痞子男，總是用開玩笑的口吻逗弄莫忘，相當的腹黑和惡趣味。

技 跟蹤、偷窺。

艾斯特

表 莫忘的表哥。

裏 來自魔界的魔王陛下第一守護者。

私 總是一臉正經嚴肅，實則是個重度魔王控，在魔王面前會展露出愚蠢、輕微抖M和易失落的傾向。

技 武力派。

CONTENTS

第一章 魔王的新年派對就要開始

三年前，在身處最絕望時刻之時，穆子瑜曾經給予她的那絲溫暖，莫忘畢生難忘。這種強烈的感情在很長一段時間裡都蒙蔽了她的感官。

然而，虛假不會一直持續下去。當它被看破，也就意味著有什麼已經結束了。

對此，莫忘有些難過，卻也只能堅定的按照自己的選擇繼續走下去。

因為她從來都不是會選擇迴避的人。

接下來的日子裡，莫忘盡情享受著自己進入高中以來的第一個寒假。

往年過年時，莫家爸媽都會從外地趕回，但今年……因為那些突發狀況，他們沒辦法回來。好在，莫忘並不是孤單一人，輪流換班的兩組人難得齊聚一堂，盡情熱鬧了一通。而這個城市漫天遍地的紅色與四處響徹的鞭炮聲把某些人嚇了一番。

「這就是『過年』的氣氛嗎？」格瑞斯被嚇得夠嗆。

莫忘點頭，「是啊！」

「……陛下，你們到底是怎樣睡著的？」

「哈哈，睡什麼？熬夜才對！」

「啊？」格瑞斯呆住。

「這叫做守歲～」

「……」

「而且現在已經好很多了，那些鞭炮聲只是錄音而已。」

鞭炮燃放除了製造噪音外，還會帶來巨大的煙塵，並且有安全隱患，所以市區裡禁止放炮。但今年不知是哪位小機智，居然別出心裁的在家裡放鞭炮錄音，美其名曰「再次品嘗一下年味」，結果很多人跟著學習，聲音也越來越大……越來越大……

反正也就這麼幾個小時，所以有關單位也就睜一隻眼、閉一隻眼，當作啥也不知道了。

但是，做人不可以太得意。

看，莫忘這時候笑得快活，等到掏紅包時，心中那叫一個淒慘——大出血了好嗎？淚流滿面了好嗎？話說這群年紀都比她大的人怎麼好意思坦然收下啊！(╯`□´)╯┻

最可惡的是！瑪爾德這個新來的、沒常識的傢伙，不知從哪裡摸出個錢袋，倒出一堆閃亮亮的金幣和銀幣，疑惑的問：「要回禮嗎？」

結果格瑞斯跳出來嚴肅臉說教：「絕對不可以！這一天一般只有長輩會給晚輩壓歲錢！哦，對了，還有晚輩給老人，不過陛下……」

咳咳咳，年紀不符合啊！

莫忘淚流滿面：她真的不介意把年紀放大點，真的！

全國各地的年夜飯習俗各不相同。比如這裡的習俗就要求至少要有個圓子（注：只是做成圓形的食物，例如肉丸子、菜丸子、湯圓等食物。），象徵團團圓圓；至少有條魚，象徵年年有餘；至少有道菜的上面撒上芝麻，象徵芝麻開花節節高……最後，重中之重是要有個火鍋，供大家一起歡鬧熱騰的「奪食」——想搞熱氣氛嗎？想成為好朋友嗎？那就一起吃火鍋吧！

這餐飯，從下午四點一直持續到晚上八點。

隨後，一群人穿上厚厚的衣服再戴上帽子纏上圍巾，與隔壁的石家一起走到附近公園的廣場上。

他們的運氣不錯，雖然政府明令禁止「私放煙花」，但是在幾個公園中都組織了煙花表演。不過，這是最後的壓軸節目，在那之前還有附近的老年文工團自行編排的節目，莫忘所在的社區就有不少人參加，他們也被熱情的邀請前來。而當一群人到時，離正式開始還有半個小時，卻已經占不到什麼特別好的位置。

被畫好的「圈」外已經聚滿了密密麻麻的人群。

張姨望「圈」興嘆：「早知道我早點煮飯就好了。」

石叔安慰她：「不是妳的錯，很多人昨晚就扛著帳篷過來排隊了。」

「咦？是嗎？」

「嗯。」

石詠哲：「……」不忍直視……自家老媽的智商明明在正常線以內，否則也沒醫院敢請她當護士，但為啥就那麼容易上老爸的當呢？無論他說什麼她都肯信！

「那怎麼辦才好？」張姨左右看了一眼，發現居然有人把自家的車子開來，而後坐在車頂上準備圍觀，更有甚者還在上面放了些酒水飲品和小吃，看起來那叫一個瀟灑——反正今晚沒人有空來開罰單。她詢問的看向自家老公，「不然我們也這麼做？」

石叔左右看了一眼，搖頭，「沒位置了。」就算有，一輛車頂上坐這麼多人也略窘迫。

「哎。」

「不然我揹妳？」石叔提議。

「可以嗎？」張姨星星眼看著自家老公。

「沒問題。」

石詠哲：「……」爸！媽！那麼多人都在這裡呢，別隨意秀恩愛好嗎？刺激死人了喂！

「小小姐……表妹！」

一道聲音突然從幾人身後傳來，大家一回頭，頓時囧了，哪裡來的一座箱子山？！咦？這玩意怎麼還會動？再一看，下面還有個小金毛！

賽恩「吭哧吭哧」的抱著一大堆箱子走到眾人面前，「砰」的一聲放下時，在場的人都覺得腳下抖了抖。

快吐血的莫忘看了一眼附近那些或認識或不認識人們的奇怪眼神，淚流滿面的問：「你做什麼啊？」

「不是說看不到嗎？」金髮少年笑著拍拍箱子，「我們把它堆起來就能看清楚了！」

「……」莫忘扶額，「你怎麼弄來的？」不會不告而取吧？那可不對。

「是從附近的店裡借來的，我問他能不能把木箱都借給我，他說我要能全部搬走就試試看，然後我就搬走了。」

莫忘：「……」那人明顯是在拒絕他吧？她覺得自己已經看到某位老闆目瞪口呆的可憐模樣了。不過既然都弄來了，可不能浪費，於是她袖子一捋，「我們把它們拼起來！」

賽恩用力點頭，「嗯！」

瑪爾德歪頭笑了，「看起來很有趣。」

艾斯特輕咳了聲，「陛……表妹，這種粗活讓我來就可以了。」

格瑞斯趁亂踹人，「走開，只會溜鬚拍馬的傢伙，這種事讓我來做才對！」

莫忘揪住石詠哲的衣服，「阿哲，別偷懶，快來幫忙！」

勇者少年無力的吐槽：「……你們人手已經夠了吧？」

一番鬧騰後，在其餘人驚呆了的目光中，這群小夥伴居然歡脫的把一大堆箱子堆成了一個可供上下的小型平臺。緊接著，張姨不知從哪裡搬來了一大堆飲料和零食。以為這就是極限？那真是太天真了！石叔居然拿來個烤肉架啊喂！雖然今晚的天氣很好，沒啥狂風，但如此囂張的在大庭廣眾之下做這種事情真的沒問題嗎？！

石詠哲整個人都不好了，「爸！我們才剛吃完年夜飯！」

「誰家年夜飯會把自己吃撐？」石爸鄙視的看著自家兒子，「你以為誰都是你嗎？」

石詠哲敗退。

張姨也疑惑了，「老公，這是在木箱子上啊。」

石叔和顏悅色的說：「我帶了防高溫、防火星的墊子。」

「哦。」

石詠哲淚奔，這是差別待遇！

因為沒辦法外接電源，石叔帶來的是最古老的碳烤爐，連燃料和食材都一起從附近某個賣烤肉的小攤販那裡租來的。於是，幾人開始囂張的站在眾人頭頂烤肉……咳，這種時候重點已經不是吃喝了，而是這種「傲然天下」的氣勢啊氣勢！總之，莫忘深切的覺得石叔真心霸氣那個側漏！

——阿哲怎麼一點都沒遺傳到？

「喲，老石，玩得夠大的啊。」

「一起來？」

「好啊！」

這樣的對話接連進行了不少次後，同一個社區中熟識的居民不知不覺都聚集了起來。

這是一個難以忘懷的歡樂夜晚。

怎麼說呢？

在最開始，莫忘知道今天自己沒有「家人陪伴」時，的確是很灰心，想著這也許是最糟糕的一天。但現在她才發現，才不是最糟，是最棒、超級棒才對！

——如果可以的話，真希望每一年的年夜都這樣度過。

凌晨十二點鐘聲響起時，莫忘這樣許下了心願。

雖然不知道有沒有這種許願方法，也不知道是否能實現，但這一刻心中的虔誠，是沒有打絲毫折扣的。

★◎★◎★◎★◎

第二天是石詠哲的生日，作為「好朋友」，莫忘除了禮物之外還送他一張「魔界幾日遊」的優惠券……咦？

總之，時間差真是個好玩意，哪怕在魔界玩了五天，在石叔和張姨看來，自家傻蛋兒子也不過消失了半天而已。

很巧合的，莫忘去魔界的時候，恰好是那裡的「年」。

接連的慶祝與狂歡似乎要將人的全部精力都耗空，但奇蹟般的，一切塵埃落定後，莫忘卻並不覺得睏。

披著毛絨披肩從床上坐起身，從枕頭下摸出一顆會發光的白色魔晶後，她左右環視了一眼。其實莫忘並不愛住在王宮中的房間裡，雖然大且豪華，但實在是太空了。

沒有被填充滿的環境彷彿能將人的整個靈魂吸出去一樣，骨頭縫裡似乎都透著風，讓人充滿了某種意義的不安感，不管住了多久都不會覺得習慣。

如此想著的女孩從床上跳下來，穿上毛茸茸的拖鞋，走到窗邊一把將其推開，有些寒冷的夜風瞬間吹拂了進來，刺骨的同時卻也讓人精神為之一振。

莫忘不想感冒，只是想稍微透一下氣而已，所以很快就伸出手要將窗戶關上。

就在這一秒，她的手突然停頓了下來。

「那裡……」

好像在黑夜中看到閃閃發光的螢火蟲一般，莫忘直覺性的感覺到似乎有什麼東西正在召喚著自己。

——神廟的方向？

她猶豫了一下，暗想果然是錯覺吧。

搖了搖頭後，莫忘繼續著關窗的動作，但很快，手又頓住。

她的眼神直直注視著神廟所在的位置，從心中浮起的聲音縈繞在耳邊——

「來這裡。」

「我在這裡等妳。」

換衣服的時候，莫忘覺得自己簡直是個大傻瓜。

居然因為心中突然浮起的那一絲念頭，就想在這麼寒冷的冬天偷偷摸出去。而後她又覺得好笑，「偷偷」這種事是做不到的吧？雖然艾斯特他們並沒有留在這裡，但被派遣守護的衛兵們怎麼樣也不可能沒發現她出去吧。那麼第二天，想必有人要問，到時候她該說啥好？

想要半夜溜走的魔王陛下默默的糾結了。

就在此時，她看到了奇蹟的一幕。

原本開著的窗口，不知何時螢光閃爍，她一邊繫著紅色披風的帶子、一邊小跑過去，發現那些飛舞著的並非螢火蟲，而是淺綠色的光點，它們聚集著、湊近著，很快連接成了一座浮在半空中的「橋梁」。

莫忘：「……」鵲、鵲橋？怎麼總覺得這想法怪怪的……魔神大人什麼時候跳槽去放牛了喂！不不不，重點不在這裡。她好奇的伸出手戳了戳與窗戶底端平行的光橋，意外的發現居然挺結實的，而它的另一頭，一直綿延到了神廟的方向。

「害怕嗎？」

有聲音如此說。

莫忘：「……」不害怕是不可能的吧？萬一她才走一半它就突然塌了，摔死了算誰的？

「算我的。」

莫忘：「……」都死了再說這些也沒用吧？

她嘆了口氣，敏捷的跳上窗戶，試探著走上那座橋，看似脆弱，踩上去卻穩穩的，沒有一絲搖晃。

反、反正她的體質都是中級了，就算摔下去也不會當場死人吧？

如此想著的莫忘默默裹緊身上的披風，快步朝對面跑去。王宮與神廟的距離並不算近，前者處於都城的正中央，而後者則位於最北邊，臨近山脈的位置，她這一走，幾乎可以說是跨越了半座王都。

加持了敏捷的莫忘跑起來簡直如風一樣快，但即便如此，這縷風到神殿也要吹不少的工夫。直到她清楚的看到白色的建築，才漸漸緩下了腳步。

激烈的運動讓她的身體不再寒冷，甚至有些發熱，不過吹拂而來的夜風卻依舊涼得很，讓她整個人宛如處於冰與火的夾縫中，不是非常舒服。

但是，越是接近，便越是能感覺到。

那呼喚的意味更加濃厚……

她抬起頭，能夠清楚的看到，螢火之橋的那一頭連接在神廟的頂端，一位身穿黑色長袍的男人站在那裡，晚風吹起他的袍襬與一直披散到腳踝的漆黑長髮；然而，他身體的所有部位彷彿都被包裹在濃厚的黑暗之中，絲毫沒有展露出來，除去戴著銀色面具的臉——它遮蔽住臉孔的上半部分，只能隱約看出他的鼻梁很是堅挺，而再下面的唇則在形狀完美之餘略顯淡色，與近乎蒼白的膚色很是貼切，毫無違和。

——魔神。

雖然心中知道，但是把眼前那個頎長男人當成神果然還是有些……不習慣啊！莫忘心中暗自想著，是不是她有些傲慢了？還是說，接受了那麼多年的唯物主義教學，以至於她對這種非科學的存在抱有懷疑態度？但是，對於「魔法」什麼的她明明接受很順暢啊！

思考間，對方已近在咫尺。

從王宮延續而來的路是向上延伸的，那邊僅是三層，而這邊已是尖尖的頂端。

女孩站在橋上，男人站在廟頂。

如上次一般，他朝女孩伸出了近乎蒼白的手掌。

莫忘左右看了看，發現自己還真沒有辦法越過對方直接跳到「落腳點」，便不得不搭上對方的手，也與上次一般，涼颼颼的，簡直不像是個活人。不過話又說回來，眼前這位的確不是人吧？

「很暖。」男人突然開口，他的聲線低沉優雅，宛若穿過夜色的清風，「妳的手。」

「……是你的手太涼了吧。」

「是嗎？」他頓下腳步，轉過頭認真看著女孩的眼睛，似乎在確定這話的真假。與此同時，他緩緩舉起了握著對方的那隻手，片刻後，微微勾起嘴角，「原來如此，我是涼的，而妳是暖的。」

「……」這對話怎麼那麼奇怪？

「妳是在覺得這話很奇怪嗎？」

「呃……」她剛想否認，突然又想到這傢伙如果真的是神，那她撒謊也毫無意義啊！而且撒謊是會被扣魔力值的，於是乾脆一咬牙承認了：「是。」

「因為妳是第一個告訴我『你是涼的』的人。」

「啊？」

黑袍男人鬆開莫忘的手，翻轉自己的右手，靜靜注視著自己的掌心：「妳是唯一一個能夠觸碰到我的人。」

「哈？」

男人看著有些驚訝的莫忘，突然毫無預兆的朝她的嘴巴伸出手，幸好後者的反應夠快，後退之間一把捂住了嘴，「你、你做什麼啊？」

他很有些遺憾的縮回手，語氣有些好奇的說：「妳的嘴在冒氣。」

「……」冬天裡不管誰呼吸都會冒白氣好嗎？！

男人輕聲說：「裡面看起來很溫暖的樣子。」

「就算這樣，你也不能把手伸進我嘴裡啊！」從來沒聽說過這種奇怪的取暖方法啊喂！

「讓妳覺得困擾嗎？」

「是！」

「那麼，我不做。」

看似有點缺乏常識的魔神說出了這樣的話，但不知為何，莫忘總覺得可信度值得懷疑。不過很快的，她又問：「你說我是第一個能碰到你的人？」

「是。」頓了頓後，他補充說：「最初的規則決定，神不可以撒謊。」

「……」不可以，而不是不會嗎？以及，最初的規則？那是什麼？她緊接著問：「你上次說過，我會成為這個國家的王，並不是偶然，而是必然。我和這個國家的命運，在很久很久以前就已經相接。你的話究竟是什麼意思呢？」在那之後，她思考了很久，卻始終沒有得到答案。

男人搖了搖頭。

「你說了，神不可以撒謊。」

「卻可以選擇不回答。」

「……」不帶這樣的啊，吊胃口什麼的傷不起，「到底要怎樣你才會回答呢？」

「不要心急，小小的魔王陛下。」魔神逕自向前走去，「答案其實一直就在妳的眼前，只是妳不願意猜測或者不願意去相信，等時間到了，真實自然會展現在妳的眼前。」

莫忘問：「那我要等到什麼時候呢？」

「時機到的時候。」

她繼續追問：「什麼時候算時機到了呢？」

「它該到的時候。」

「……」喂！這和沒說有什麼兩樣？莫忘痛苦的扶額，「那你大半夜的把我叫來這裡做什麼？」

黑袍男人卻沒有立刻回答，只轉而說道：「昨天，有個人來許了願。」

「許願？」

「他希望今天能下雪。」男人轉頭看向莫忘，銀色面具下，深邃的眼眸直視著她，「因為有人希望今天能夠下雪，他是在替別人許願，同時也是在替自己許願。」

「……」那和她……啊！

莫忘突然想起幾天之前，艾斯特曾經問過自己，過年當天的宴會中有什麼需要的。她當時隨口回答說「下個雪怎樣？一邊開宴會一邊看雪應該挺不錯的吧？」……

——是他嗎？居然因為這種事情來神廟許願，不管怎麼說都……哈哈哈，太誇張了吧？

黑袍男人語調清淡的接著說：「我一直很喜歡那個信仰虔誠的孩子，所以答應了他的請求，雖然他並不知曉。」

「可是……」今天並沒有下雪啊。

「今天還沒有結束。」說話間，男人的手突然抬起，再輕輕那麼朝上一點。明明只是一個極其輕微的動作，卻彷彿真正觸摸到了籠罩在頭頂的天空，莫忘敏銳的覺察到，漆黑的蒼穹在那個瞬間似乎微微顫動了一下，群星閃爍不定，恍若在回應著什麼呼喚。

緊接著，大片大片潔白的「六角花」驀然從天而降！

莫忘伸出手接住一朵花，不可思議的、有著規律形狀的它快速在她掌心融化，只餘下一點晶瑩的水珠。她輕翻過掌，它便順著手心的紋路滑落墜地。

「雪。」她突然這麼說，像是在驗證，又像只是單純的這樣說。

「是，雪。願望實現的感覺是怎樣的？覺得滿足嗎？」魔神低聲問她。

「還好，就是……」

「什麼？」

「有點冷。」大晚上的不睡覺，站在屋頂上看落雪，這個……雖然充滿了情調，但她真的寧願鑽在被窩裡看，真的！

「雪必然是寒冷的，最初的規則就是這樣。」

「……」又是最初的規則？莫忘歪了歪頭，有點無語的說：「所以你找我來，就是為了實現願望給我看？」

「是。我很少會替人們實現心願。」

「為什麼？」莫忘好奇的問，正常情況下，這是「神」的本職工作吧？

「因為那會讓我變得忙碌。」

「……」這個理由……

「一方面討厭被任何人操控自己的人生，另一方面又希望在困難時得到操控者的幫助。

這是貪婪。」

「你討厭貪婪？」

魔神有點漠然的說：「神沒有喜歡或者厭惡的情緒。」

說這話時，他的語調沒有一絲顫動，彷彿這是再自然不過的事情。

「又是最初的規則？」

「是。」

「那麼——」莫忘突然靈光一閃，「這最初的規則是誰設定的？」連魔神都必須服從的規則……有誰還在那之上？

「……」

「又是該知道的時候我就會知道？」

男人的嘴角再次勾起一抹笑容，「妳很聰明。」

「……其實你完全在耍我吧？因為覺得有趣！」

「那麼，讓我告訴妳一件更加有趣的事情吧。」

「什麼？」莫忘的心頭浮起一絲不祥的預感。

「那個許願的孩子因為我暫時沒有實現心願而心生焦急，所以打算用自己的魔法在妳的面前展露奇蹟。」他的聲音頓住，似乎在回味著什麼，緊接著又說：「我並不討厭這種自食其力的行為。只是既然我已經接受了他的願望，他這樣自作主張的舉動就算是瀆神，所以我對他做了一些小小的懲罰。」

「……你對艾斯特做了什麼？！」

「不用太激動，我只是讓他的魔法沒有順利釋放出來而已。」

莫忘鬆了口氣：「嚇死我了……」

「寒氣入體，所以他大概會生上一場小病。」

莫忘：「……」說話大喘氣的傢伙都該拖出去打死！！！

就這樣，莫忘傻乎乎的和一位「神」站在屋頂上看了半夜的雪，直到零時的鐘聲響起。身著黑袍的男人抬起手，如最初一般朝上那麼一點，不知何時變得飄飄灑灑的鵝毛大雪便漸漸停息了下來。

兩人所站的屋頂上早已積滿了厚厚的落雪，白茫茫的一片，像撒上了糖霜的大塊點心，讓人非常有戳一下的衝動，又唯恐破壞那種聖潔靜謐的美感。

圓形的光球浮在半空中，球體上時不時流轉過幾絲暗黑色的光芒。

這個魔法很奇特，莫忘穩穩的坐在圓球中，感覺自己就像是被裝在一個由孩童吹出來的肥皂泡裡，輕飄飄的浮在空中，隨風飄蕩。

而且……很溫暖。

莫忘很慶幸，幸好身邊的傢伙總算記得釋放保暖的魔法，否則她恐怕出來時是個「人」，回去的時候就變成「冰坨坨」了。

大雪停息後，兩人又靜靜的待了一會兒，誰也沒有說話。

不知道為什麼，莫忘始終覺得這個人身上有種讓自己很安心的味道，似乎在哪裡見過，不，或者說不僅是見過而已，他們應該很熟悉才對。可是，她又的的確確不記得自己的人生在哪裡和這個人有過交集，真的毫無印象。

這種感覺微妙異常，但她知道對方不會給自己一個肯定的答案。

「妳該回去了。」

「嗯。」

這個夜晚，像這樣簡短的對話，他們之中進行過很多次。

在其中莫忘得到了各種各樣零散的資訊。比如艾斯特現在還沒生病，估計要到早晨時才會發現自己突然感冒；比如身邊的這個人是不可以離開神廟的，直到世界毀滅都必須永永遠遠的留在這裡；再比如……

總之，對方似乎並沒有什麼特意想要隱瞞的地方，除了她特別想知道的資訊。

「如果留下來，妳也將得到不朽。」

「我目前還用不著那個啦！」如果沒有自由，活得再久似乎也沒啥意思，但是這句話不可以說出來，起碼不可以在對方的面前說出來，因為實在是太過傷人了。

「是嗎？」

「不過，我會經常來看你的。」莫忘站起身，伸了個大大的懶腰，「下次再來的時候，放彩虹給我看怎麼樣？」

「下次？」

「嗯嗯。」

魔神點頭，「好。」

神不會撒謊，承諾了就必然會實現。所以莫忘絲毫不擔心對方會反悔，但她緊接著又想起：「下次再見，就是第三次見面了呢。」

「有什麼特殊的涵義嗎？」

「事不過三？哈哈哈，開玩笑的，漢……我是說我在那個世界所使用的語言，很多數字都有特殊的涵義，不過不用在意，我只是無意中想起來而已。」莫忘笑著擺了擺手，「那麼就說定了，下次你變彩虹給我看。對了，你有什麼想要的嗎？我來的時候可以帶給你。」

說這話的時候她有點忐忑，正常情況下，神是無欲無求的吧？

但出乎她的意料，對方居然認真反問：「什麼都可以？」

「嗯！」

「好。」男人點了點頭，脣角微微勾起，似乎很滿意這個答案，隨即揮了揮手，如上次一般，莫忘就這樣離開了他的身邊。

坐在「肥皂泡」中飄走的莫忘呆住：「哈？」那傢伙還沒說自己要什麼呢！但緊接著，她發現這顆肥皂泡居然真的如同自己之前所說的那樣，在空中繞起了圈圈，彷彿在帶著她遊覽整座王城。雖然幾乎是什麼都看不清楚，但莫忘還是很快就忘記剛才的想法，興致勃勃的遊玩了起來。

而同時，失去了「肥皂泡」的黑袍男人落在了積雪之上，如果此刻莫忘還在這裡，就會驚訝的發現，再次被晨風捲起的長袍下，他居然赤裸著一雙蒼白同時又完美到極致的雙足，而這雙腳踩在白雪中，卻沒有露出一絲一毫的痕跡。彷彿他只是個虛幻縹緲的影子，所以無法在現實中留下任何印痕。

「約定好了。」魔神注視著女孩飄走的方向，喃喃低語：「下次再見，妳會帶來我所想要的、珍貴的物品。」

無須多說，因為這是誰也無法抵抗的命運的啟示。

從相遇的那一刻起，一切就已經開始了。

★◎★◎★◎★◎

當莫忘終於回到房間時，已經是凌晨三點，她脫掉衣服快速鑽入了被窩中，早上起來還要探病，再不睡就來不及了！

大概是因為心中有事的緣故，早上七點，她準時醒了過來。

一段時間的相處讓她非常明白艾斯特那傢伙的作息時間，簡單來說，他真是「老黃牛」的命，哪怕是假期，都能在早上六點準時起床，沒有一天意外。一方面，莫忘挺佩服這樣的人；另一方面，莫忘又覺得這樣挺可怕。某種意義上說，其實她也希望能看到他偶爾賴一下床，別把自己繃得那麼緊，太容易勞累過度了。

所以說，這似乎是個不錯的機會，起碼他不會發著燒起床工作吧？

然而事實證明，她真的太小看對方了。

今天的艾斯特，依舊在五點五十五分清醒了過來，稍微閉上雙眸養了下神後，起身坐了起來，但緊接著，身形就是一晃，他單手穩住自己後，意外的發覺眼睛有些花，身體似乎在發熱，呼吸急促，耳朵嗡嗡作響，鼻子也不太通。

——發燒？

——感冒？

還真是許多年沒有體會過的感覺了。

因為父親遺傳的魔法是冰系的緣故，他從小就習慣了寒冷的感覺，感冒之類的疾病從小到大他就得過一次，而那次是因為練習魔法過度。

這次……

他驟然想起昨天在王宮中釋放失敗的魔法，是因為它的原因嗎？

——不過，這種小病是沒關係的。新年的第一天，還有許多事要處理，如果不儘快搞定的話，會給陛下帶來困擾的。

艾斯特伸出手在額頭上輕輕一抹，那裡便出現一層薄薄的寒冰，在「冰袋」的慰藉下，他覺得自己發熱的狀況似乎好了不少，立刻起床著衣。

坐在書桌前處理了一個小時的事務後，艾斯特抬起頭，從弟弟小時候送給自己的鐘錶中看了一眼時間，站起身，撤去額頭上的魔法，拉開門向飯廳走去。

抵達時，艾米亞已經坐在自己的位置上，用餐刀在麵包上塗抹新鮮的果醬。雖然這傢伙是懶鬼，但他更愛向自家老哥學習。咳咳，或者說，他對哥哥的學（真）習（愛）欲望戰勝了想要睡覺的欲望！

新烤出的麵包香氣很濃郁，即使是鼻子有些堵塞的艾斯特也能稍微聞到，但他卻沒有絲毫的食欲。他坐在桌邊，拿起溫熱的牛奶喝一口，感覺隱約有點作嘔的胃口稍微舒服了些。

就在此時，坐在對面的艾米亞奇怪的看了他一眼，「你做了什麼？臉色那麼紅。」喘息還有點劇烈。

艾斯特淡定自若的撒著謊：「稍微運動了一下。」

「……」到了這個地步怎麼看都不是「稍微」吧？不過，他自己是不是也該稍微運動一下了？咳，才不是學習哥哥，只是突然想到了而已！

雖然沒什麼胃口，但因為擔心被自家弟弟看出端倪，艾斯特還是吃掉了與平時一樣多的食物，這讓他本就不舒服的胃更加難受了。所以幾乎才剛吃完，他就站起身離開了餐桌。

艾米亞有點疑惑的看了他一眼，暗自嘀咕：有那麼多的事需要做嗎？

不過，他並未想太多，因為這種事以前不是沒發生過。而且……哥哥會感冒？開什麼玩笑！哥哥那麼厲害的人絕對不可能會生病！兄控就是有這樣自信！

幾乎是才一關上房門，艾斯特就半弓起身體捂住胃，隱約有點作嘔的衝動，他知道現在的情形已經不能夠讓自己繼續工作了。但是他去拿藥勢必會驚動哈麗，到時候陛下也必然會知曉，實在是太麻煩了。

想到此，他走到床邊，決定再稍微睡上一覺。於是再次變出「冰袋」放在頭額上後，艾斯特躺了下去，臨睡前看了一眼依舊堆得滿滿文件的桌子，想著睡上半個小時應該足夠了。

可時間到了，艾斯特依舊沒有醒過來。

如果此刻有人在這裡就會驚訝的發現，他的呼吸更加急促了，高溫也越加明顯，魔力紊亂之下，失去了魔力維持的冰塊很快融化成了水滴，自額頭之上滑落，徹底打濕了他的髮絲與枕頭，為加深青年的病情畫上了濃墨重彩的一筆！

★◎★◎★◎★◎

同一時間，迅速吃完早飯獲得出門資格的莫忘坐上馬車快速的朝這邊趕來。

又幾乎是同時，有兩個人出現在克羅斯戴爾宅的門口，正準備出門的女僕長大人在見到他們的瞬間，手中的東西落了一地。

「老爺……夫人？」

沒錯，幾個月前寫信說會回家的這對夫妻，在自家兒子得到「驚喜」又耐心等待了幾個月後，他們成功的回到了家中……沒有繼續在人生的道路上迷路！

有著一雙漂亮黑色眼睛的紅髮女子撲上來就抱住了哈麗，在她的左右雙頰上各自狠狠親了兩口，「mua！好久不見，哈麗！」

「……好久不見，夫人。」

「別那麼拘謹嘛！對了，我的寶貝兒子呢？我的寶貝兒媳婦呢？都在哪？」

哈麗：「……」夫人，那種東西早就沒有了啊！

「為了準備禮物給兒媳婦，我們才回來得這麼晚，再說新婚的時間那麼寶貴，實在不應該打擾。說起來，為什麼結婚的是艾米亞？艾斯特呢？那孩子打算一直單身嗎？哎哎，有這樣一個孩子還真是讓人擔心。其他家族裡有沒有什麼值得相處的女孩子？改天我們辦一場宴會把她們都請來怎麼樣？說起來，最近王都流行什麼樣的款式？我身上的衣服沒有過時吧？要把裁縫都請回來重新做才好。啊，對了……」

聽著接連不斷的話音，女僕長哈麗心中暗自淚流滿面：這熟悉的味道……回來的果然是夫人啊……

足足五、六分鐘後，紅髮女子終於閉上了嘴，回過頭注視著身後一直耐心等待著自己的男子，輕笑著問：「親愛的，你覺得怎麼樣？」

任何人在這裡，都不會懷疑這位男子與艾斯特的血緣關係，因為他們長得幾乎可以說是同一個模子刻出來的。唯一的差別大概是父親與小兒子一樣留了長髮，並一絲不苟的用一條黑色絲帶繫在腦後。

他的表情看起來很冷，宛若萬年的寒冰，但在聽到妻子的詢問後，這座乍看之下的冰山瞬間化為了三月的春水，他冰藍色的眼眸溫柔而堅定的注視著心愛的女人，裡頭只倒映著她一人。他柔聲回答說：「很好。」

女子回以他燦然一笑。

視線纏繞間，一種暖和溫情緩緩流動。

兩人正準備進屋，一輛馬車突然衝了過來，又快速停在路邊。

兩人注意到馬車上的標識，同時愣了愣後對視了一眼，就在此時，一位穿著天空藍長裙的女孩跌跌撞撞的從車上跳了下來，頭頂裝飾用的白色羽毛在晨風中微微抖動，有點像覓食的小鳥搧動小巧的羽翼，看起來可愛極了。

「哈麗！艾斯特沒事吧？」

說話間，原本藏在她領口中的鍊墜掉了出來，那是一枚能帶走一切厄運的四葉草，但那不是重點，重點是那條銀色的鍊子，在日光的照射下會閃爍著些許藍色的微光。

那是克羅斯戴爾家族的守護魔法，歷代家主才會施展的密法。

在轉讓家主之位時，上任家主——也就是站在宅門口的男子艾德里安，他曾經使用在自己的妻子莉希娜的手鐲上。而艾德里安在離家前將密法教授給大兒子艾斯特，卻沒有想到自家的密法居然會出現在這樣一位女孩的身上。而且看起來，她和自己的兒子很熟悉？

某種意義上說，這玩意就相當於家主夫人的象徵。所以……

——難道……

——莫非……

——其實……

艾德里安略微安心：生完孩子後，艾斯特就可以把工作交給他的兒子，然後休息了。

莉希娜媽媽則感動得淚流滿面：太好了！兒子終於不是單身漢了！！！

這個，重點雖然都有哪裡不對，但是只能說「可憐天下父母心」——至今依舊單身的艾斯特同學，和躺著也中槍的魔王陛下，即將感受到父母那火辣辣的期待！

莫忘覺得整個世界都變奇怪了，明明是特地來艾斯特家探病的，結果居然在他家門口被一名陌生的女子抱住，正想推開，對方卻充滿感情的呼喊說：「乖孩子，到媽媽這裡來！」

莫忘：「……」真不記得自己啥時多出一個媽了啊！

還沒等她回過神，對方突然微微推開她，認真的從上到下掃她一眼後，困擾的說：「看起來這麼嬌小，應該幾年內都不適合懷孕吧？」

莫忘：「！！！」懷、懷孕？這和她有什麼關係！

「不過這也沒關係。」女子笑咪咪的握著她的手，點頭說：「可以先舉行婚禮，孩子以後再生嘛。」說完，女子回頭問：「你覺得呢？親愛的。」

莫忘隨著女子一起回頭，頓時驚了：「艾斯特？」不，不對，他不是，「你是……」艾斯特的親人？又一個兄弟？不對啊，聽說他只有艾米亞一個弟弟。還是堂兄弟？或者說……

「艾斯特的爸爸？」

艾德里安看了眼女孩，覺得她真是小巧，像清晨銜著露水落到枝頭棲息的絨黃小鳥。雖然看似面無表情，但他心裡其實很為艾斯特感到高興，為人父母還有什麼比見到孩子幸福更開心的事呢？他微勾起嘴角，很是難得的對女孩露出一個微笑，「是的，我是他的父親。」

莫忘：「……」果然是艾爸爸啊，連笑容都非常相像。等一下，既然他是父親，那……

她默默轉頭，小心翼翼的問：「這位姐姐就是……不對，阿姨……」長得太年輕了完全喊不出口啊喂！

「叫媽媽才對！」紅髮女子熱情的將她的腦袋塞到自己懷裡，用乾淨俐落的語氣毫不客氣的說道。

「媽媽？」這個稱呼一定有哪裡不對吧？不過，艾斯特的媽媽好熱情……怎麼說呢？只能說父親那邊的遺傳基因真是太強大了！

「對！」滿足心願的莉希娜拉著莫忘走到自家丈夫面前，手一指，「快，叫爸爸。」

莫忘：「……」玩、玩上癮了？

就在此時，目瞪口呆的哈麗終於反應過來，連忙衝上來解釋說：「夫人，您誤會了！」

「誤會？」莉希娜愣了愣，隨即反應過來，「她莫非是艾米亞的妻子？」那為啥跳下馬車時叫的是艾斯特的名字？莫非……其實……思維發散中。

再這樣下去，這位偉大的母親大概會含著熱淚替自家兒子主持「決鬥」，好在女僕長哈麗快速的將事情講了個清清楚楚、明明白白，於是——

「新上任的魔王陛下？居然是這麼小的孩子？」

不僅是莉希娜，艾德里安也驚訝了。在從邊境趕回來的幾個月裡，兩人已經聽到不少人談論「終於出現」的魔王陛下，普通民眾對於這件事通常是喜聞樂見的，畢竟「魔王」是這個國家的象徵，雖然很多人一輩子都見不到一回，卻可以從這個名詞中汲取到希望和力量。簡而言之，它寄託和承接著人們的期待。

而正因為如此，傳言漸漸的失真了。
從路上得知的消息，再對比眼前的女孩，唯一相同的點大概只有——新任魔王是女性。至於其他的……咳咳咳。
「抱歉，陛下，我失禮……」
「初次見面，陛下……」
得知實情後，夫妻倆先後向陛下行禮。
「啊、啊，不用這麼客氣。」莫忘連忙擺手，撓了撓臉頰，「我只是私下……作為艾斯特的朋友來拜訪，不需要這麼客氣的。」
「陛下，您之前的話……」解除誤會之後，莉希娜突然想起對方跳下馬車時說出的那句話，問道：「艾斯特出什麼事了嗎？」
「呃……」莫忘愣了愣，隨即說：「他可能感冒發燒了，所以我來看看有沒有什麼能幫上忙的。」
「可能？」明明不確定，卻知道他生病了？
「是、是魔神大人告訴我的。」莫忘有些忐忑的說出了這句話，本以為對方不會相信，但奇蹟般的，這對夫妻居然信了，而且深信不疑，立即就帶著她一路進入宅邸中。
沒有長時間生活在魔界的人，很難理解他們對於魔神的信仰，而除去部分守護者外，魔王陛下是距離魔神最近的人。所以從她口中吐出的「神之預言」，沒有人會懷疑。
而且，堂堂一個魔王，怎麼可能沒事幹到跑人家門口撒謊。

　　幾人進去時，悠閒的用完早餐的青年正漫步走到客廳，恰好與幾人碰上，他的臉上露出驚訝的神色，「父親？母親？你們怎麼……」

　　「艾米亞，我親愛的兒子，好久不見！」莉希娜撲上去抱住他，記憶中尚顯幼小的孩童如今已經比她還高，真是歲月如梭。她抬起手，撫摸著他的臉孔，「你怎麼沒繫眼帶了？」

　　艾米亞愣了愣，隨即笑了，「因為用不著了。」說話間，他有意無意的瞥向女孩所在的方向，卻發現對方正心不在焉的朝其他方向看去。

　　莉希娜媽媽若有所思，艾德里安爸爸的目光沉了沉。

　　說起來，這件事的確與莫忘有關係。

　　那還是艾米亞變成「養兔官」不久後的事，這個悶騷的傢伙在某種意義上和格瑞斯還挺像的，就是特別講究！雖然繫眼的布條看起來很普通，但其實他光這個就用了一整個箱子來裝。一打開，裡面全是白色，但細看之下每條布的做工和暗紋都不一樣，有些甚至還嵌有保暖或者防寒的魔法陣。

　　結果……被兔子禍害了。

　　艾米亞因為不想多倒糞盆的緣故，刻意控制某兩隻兔子的飲食，結果那兩隻小心眼的傢伙不知怎麼想到辦法進入艾米亞的房間中——莫忘懷疑是尤雅的幫助，因為只有牠可以穿越空間——然後……

　　總之，當艾米亞看到自己的箱子變成糞盆時，那個表情完全可以用天崩地裂來形容，他身上蔓延出的黑氣幾乎讓整個城市發生霧霾。
面對這種情況，莫忘堅決認為兔子該罰！
但是……
莫忘勸說道：「有話好說，放下你手中的刀！」
艾米亞大怒：「別攔我，今天我一定要把牠們做掉！！！」
格瑞斯這時也蹦了出來：「你這臭小子，怎麼敢對陛下的愛寵亮出兵刃，給我退下！」
「閉嘴，娘娘腔！」
「……你這個齊瀏海，居然敢這麼說我？！」
「……」
於是，格瑞斯與艾米亞打了一架。
但在他們把房子拆了之前，莫忘默默的把他們兩個都揍趴下了。
格瑞斯姑且不說，這傢伙被揍還挺開心的，覺得陛下真是越來越英明神武了……咳，總之，抖M傾向嚴重。
而艾米亞……這傢伙也是個抖M，問題是似乎還略帶傲嬌，為了安慰他，莫忘可以說是煞費苦心，甚至拍胸脯保證回到魔界後會開啟寶庫，幫他做一條天下第一的蒙眼帶！
被哄了好一會兒的弟弟君滿足了，而後兩人聊了起來，問及他使用這個的原因後，莫忘在感受到兄弟溫情的同時，無意中說出了這樣一句話——
「那你現在完全可以不用這個了啊。」

「……啊？」

「你看，你從前用它是因為擔心艾斯特會和嘲笑你的人打架，現在不會再有這種事發生了吧？就算有人笑，你可以直接打回去啊！而且這麼好看的眼睛，遮起來也太可惜了。」

「……好看？」

「是啊。」莫忘說的是真心話，異色眸啊！不知道有多少人心心念念，卻只能依靠美瞳來實現，這傢伙天生就有居然還不珍惜，暴殄天物有沒有！

莫忘當時只是隨口那麼一說，但沒想到，第二天艾米亞就把箱子連同裡面的東西一起燒掉了，之後再也沒用過眼帶。她當時正忙著準備期末考，所以沒有多問，漸漸的就將這件事情拋到了腦後。

然而，同樣的事情，在不同人的心中，占據的分量無疑是不同的。

一心兩用的艾米亞一邊回憶著這段過往，一邊回應著自家老媽的熱情，但緊接著，他臉色變了。

「哥哥生病了？魔神大人告訴陛下的？」他微微使力掙脫自家母親，快步走到女孩身邊問道：「嚴重嗎？」與父母一樣，他沒有懷疑話語的真實性。長時間的相處讓他清楚知道，她絕對不會隨意撒謊。

「聽說是感冒發燒，應該不會太嚴重吧？」莫忘不確定的回答，畢竟當時那位「神」只說是一點小病。

「走，去看看！」艾米亞一把抓住女孩的手腕。

「嗯！」後者小步疾走跟上。連走好幾步的她突然反應過來，連忙轉過頭，「可是，你的父母親……」卻看到紅髮女子正一臉笑容的對她擺手，好像在說──儘管去吧，不用擔心。

莫忘：「……」這樣不負責任真的沒問題嗎？

注視著年輕男女的身影消失在路的盡頭，莉希娜收起臉上的笑容，轉過頭看向不知何時走到自己身邊的丈夫，「親愛的，你看……」

「再看看吧。」

「嗯。」

★◎★◎★◎★◎

當兩人趕到艾斯特的房間時，發現這傢伙已經徹底變成了一塊燒餅。別說開門，他連自己醒過來估計都做不到。

「怎、怎麼辦才好？」一看到這情景，艾米亞急忙看向身邊的女孩。

這真不能怪他。從小到大他永遠是被照顧的類型，讓他照顧其他人？就算他想試，也得老哥給他這個機會好嗎？艾斯特身體非常健康這點姑且不談，就算生病受傷，艾斯特也是個不愛給人添麻煩、自己縮在房裡默默處理的類型。

好在莫忘還有點經驗，她把手伸到被子裡摸了摸，「他流了很多汗。我去找哈麗幫忙拿點藥，你弄點溫水幫他擦掉身上的汗，順帶在他頭上放點冰降溫。」

「好。」艾米亞雖然沒啥常識，但領悟力還是很高的，很快就像模像樣的弄了起來。

莫忘提起裙子衝到門口，驚訝的發現女僕長哈麗已經趕了過來，手中還提著一個不小的藥箱。

「陛下。」

「不用客氣，替艾斯特看病要緊。」

「哈麗，快來看看哥哥，他究竟是怎麼了？」

哈麗也沒和兩人多客氣，快速走到床邊仔細檢查後，她鬆了口氣：「沒有什麼大事。」

莫忘也放下心來。還好，和她猜測得差不多，發燒加嚴重感冒。

她不懷疑女僕長的檢查結果，能以一人之力管理這座莊園的女性可不是泛泛之輩，之前的「女僕生涯」也讓她非常清楚的瞭解到這位女僕長是有多麼的「全能」。更何況，她幾乎把艾斯特當成了自己的半個孩子，關懷之情絕不可能在她之下，絕不可能做出錯誤的判斷。

緊接著，哈麗餵了半昏迷的艾斯特一些裝在白色水晶瓶中的藍色液體，緊接著又拿起一顆散發著淡淡清香、看起來非常像糖果的乳白色藥丸塞入他的口中，它的材質保證入口即化，絕不會噎到人。

「這樣就沒問題了嗎？」

「別擔心，二少爺，按照大少爺的體質，很快就會好起來的。」

艾米亞剛要舒一口氣，突然看到某人正笑咪咪的看著自己，立刻嗤笑了一聲：「我只是怕他一直暈著，家裡的事情沒人做。」

莫忘：「……」剛想誇獎一下這傢伙有兄弟愛，結果他到底是有多傲嬌啊？承認一下自己擔心哥哥又不會死！

不過，她總覺得已經習慣了。

莫忘嘆了口氣，隱約覺察到自己再繼續待在這裡，某人就沒辦法好好照顧自家老哥，為了不打擾「兄弟交流感情」，於是她說：「我先回去了。」

「這麼快就走？」艾米亞有些意外。他很清楚眼前人和自家老哥的關係到底有多好，所以實在沒想到她會突然離開。

「怎麼了？」

「……不，沒什麼。」

「那我走了。」她說完，腳步輕巧的走出房間，將要關上門時，突然回過頭笑道：「對了，我會用本子隨時查勤的，千萬別被我抓住偷懶哦！」

「……」

第二章

魔王的部下想要告白

在艾米亞的照顧下，艾斯特當天晚上就退了燒。

久未歸家的父母親的噓寒問暖，朋友們探病時送來的各項實用物品，腿上托盤中哈麗所做、弟弟又特意端來的愛心粥，被這種氛圍包圍著，艾斯特即使臉上沒有表現出來，心裡卻充滿了安寧感，所謂的「家」和「溫暖」，大概就是這麼一回事吧。

「我可憐的艾斯特，居然瘦了那麼多。」莉希娜坐在床邊，不斷用手絹擦著眼淚。

艾米亞默默吐槽：「既然知道這樣，就別把所有事情都丟給哥哥做而自己落跑啊！」

「所以艾斯特你趕緊找個人結婚吧。」

艾斯特：「……」

艾米亞：「……」所以說，話題到底是怎麼轉到這裡的？

「你說呢？親愛的。」

「嗯。」

「看，爸爸都支持了！」

艾斯特：「……」

艾米亞：「……」母親不管說啥父親都超級不負責任的支持好嗎？

「我和你父親也差不多玩夠了，這次回來會在家裡住一段時間，所以你把工作全部丟掉也沒關係哦！趁此機會趕緊去找人結婚吧！」

艾斯特：「……」扶額，突然覺得快要好轉的身體更加痛苦了是怎麼回事？但母親大人發話，他不能一直不回答，「母親，您暫時不需要為這種事情著急。」

「怎麼可能不急？我像你這麼大時，連你弟弟都有了！」

「可是父親向妳這麼大時，還沒遇到妳呢。」艾米亞涼颼颼補充。

「你閉嘴！結了婚就了不起了嗎？就可以欺負你哥哥了嗎？」

聽說大少爺生病後，哈麗所做的第一件事是去拿藥箱，所以並未將之前發生的烏龍告訴老爺和夫人，這也導致夫妻倆還堅持認為「艾米亞已經結婚」。

「對了，我的兒媳婦呢？」

艾斯特：「……」

艾米亞：「……」

兄弟倆同時沉默了片刻後，後者站起身道：「你們聊，我先走了。」說完，果斷遁之！

「喲，果然是長大了，居然知道害羞了。」莉希娜也沒阻止他，反正跑了一個還有一個呢，於是笑咪咪的轉頭看向自家大兒子，「你弟媳婦是怎樣的人？說來聽聽看。」

被弟弟毫無兄弟愛丟下的艾斯特：「……」他該說什麼才好？

如果是平時的艾斯特肯定能鎮定自若的說出一切，但問題是他現在是病人，實在是提不起精神說那一大團亂事。於是他果斷的扶住額頭，「母親，我的頭很暈……」說完，倒下。

莉希娜：「……」兒子在哪裡學壞了？

為什麼不信他真的暈倒？廢話，誰昏倒前還記得把膝蓋上的托盤放到一旁的櫃子上！到底是誰？教壞了她家純潔可愛善良的小天使兒子！

——不過，為啥艾斯特不肯說呢？莫非艾米亞的妻子很糟糕？

莉希娜正糾結間，突然覺得肩頭一暖，她回過頭對上那雙熟悉的冰藍色眼眸，幾乎是立刻就洞悉了其中隱含著的意味。她輕笑著點了點頭，「那就去問哈麗好了。」這位忠僕可不會隱瞞真相。

當然，當夫妻倆真正知道事情的真相後，也終於深切理解了自家大兒子的「累不愛」，這種事情怎麼可能說得出口啊！有史以來第一個誘拐魔王結婚的人……居然是她家兒子？到底是該覺得驕傲還是坑爹？好在那個女孩看起來十分平和淡定，甚至主動出手掩蓋了艾米亞的罪名，否則……她回來的時候估計就看不到自家莊園了。

莉希娜絕望的扶住額頭，「艾德里安，我頭好暈。」說完，身體後靠，很快就落入了一個安定而溫暖的懷抱中。

艾德里安伸出手撫了撫自家妻子漂亮的波浪捲髮，輕聲說：「事情都過去了。」

「不，事情才剛開始！」她抑制住想吐血的衝動，糾結道：「我就不信你沒看出來！都到了要結婚的程度，自家小兒子那必須是真愛啊！她家這是要出一個王后了？對於這個她倒不在意，問題是，看魔王陛下的神情，明顯對艾米亞沒啥特殊的好感。

這不幸的單戀節奏！

最終，擔憂的莉希娜總結陳詞：「我可憐的艾米亞……」

「其實——」艾德里安的眼中閃過笑意，「經過風雨後開出的花朵才最美麗。只是……」

「嗯？怎麼了？」

「我擔心的是艾斯特。」

「艾斯特？」莉希娜愣住，「他怎麼了？」

「那孩子和過去不一樣了。」

莉希娜歪頭思索了片刻，點點頭，「的確，他的表情比以前柔和多了，怎麼說呢？總覺得那孩子之前有點努力過頭，但現在好像稍微放鬆了些，不再把自己繃得那麼緊了。」說到此，她笑了，「這算是好的變化吧？」

「嗯。」艾德里安點頭，但同時，心中的憂慮又加深了些。

他當年也經歷過這樣的變化，那是因為眼前的女子，那麼，讓艾斯特變化的人是誰呢？希望不是什麼糟糕的對象。雖然就像他剛才所說的，花朵經歷風雨才格外美麗，但是作為父親，他總是希望自己的孩子能有平順的幸福，而不需要經歷太多磨難。矛盾也並不矛盾。

★◎★◎★◎★◎

魔王陛下不知道自己成為了那對夫妻閒談的中心，離開克羅斯戴爾宅後，她直奔商店，買了些不太貴重卻很實用的東西，跑到傑斯大叔與卡莎大媽的餐館——雖然加冕後，艾斯特提出可以幫助他們搬到更接近王宮的中心區，但這對夫妻還是以「不習慣」為由回絕了。

她知道，他們最初幫助自己的時候就沒有想得到任何回報，所以之後也阻止了其餘人給他們「賞賜」，那些錢財是對好心的侮辱。她發自內心的感激他們，同時也知道，最好的報答方法就是時不時去看一看他們。

最初幾次時，他們都很拘謹，但在她持之以恆的拜訪後，雙方的關係漸漸恢復了，雖然不像以往那樣隨意，但至少不會恭恭敬敬、戰戰兢兢。而四人中，最不顧及「身分」差別的居然是小安迪，他從前看她不順眼，現在依舊如此，雖然好像不敢明目張膽的諷刺，但白眼啥的偶爾還是有之。莫忘知道他表達好感的方法稍微有點奇怪，所以完全沒放在心上。

吃過午飯後，莫忘回到王宮，上格瑞斯老師的「禮儀課」。

沒錯，雖然現在一切事務都由其他人代理，但所有人都覺得總有一天這些全是她要背負的責任，所以每天下午莫忘都要學習各種課程。這讓她很是苦惱，明明學校的課程已經夠辛苦了，還要學兩份？住手啊！

對此，小竹馬犀利的說：「工作是兩份，時間卻是十份，學不好只能說妳笨。」

莫忘：「……」資優生什麼的走開！

對於小青梅的哭訴，石詠哲很淡定，而他回應的方式只是站起身道：「那我走了啊。」

「……求別走。」至少補習完了再走啊！她要緊緊抱住優等生的大腿！QAQ

「一會兒這、一會兒那，妳到底要我怎麼樣啊？」少年心中暗爽，臉上卻展露出無奈的表情。

莫忘嚶嚶哭泣：「求別說出那種雷人的言情男臺詞，我受不了！」

石詠哲：「……再見！」

「小夥伴，別走！」

「……」

每天都幾乎會發生的情形，今天依舊發生了。

沒錯，晚餐後到晚上九點，依舊是魔王陛下的學習時間，授課老師小竹馬是也。每次講完重點後，他都會拿出一張事先準備好的卷子給小青梅做，如果能拿九十分以上，就說明知識點已經掌握得差不多了。

莫忘深切的認為，自家小竹馬絕對有做教師的天分……不，是不去做教師真的可惜了。

「還發呆？」一枝筆不太溫柔的敲在某人的腦袋上，「最後五分鐘。」

「啊，等一下！」一陣手忙腳亂之後，莫忘終於成功的呈上答滿的卷子。

石詠哲從一旁的小盒中拿出小青梅今年送給他的生日禮物——魔法眼鏡，鏡片帶有夜視模式，可以看透隱藏魔紋，學習或工作時佩戴可以有效緩解眼部疲勞，防止近視。

看似像廣告宣傳，但是作用毫不誇張。莫忘也替自己弄了一個，於是青梅竹馬雙雙變成了「貓頭鷹」。

「我看看。」石詠哲拿起紅筆快速的批改了起來。

莫忘由盤腿坐地變成跪地而坐，雙手有點緊張的放在膝蓋上，想伸過頭去看，又怕會打擾到他。不知是因為年紀還是天性，她對於「教師」總有幾分敬畏心理，所以這種時候絕對不敢搗亂。

很快，石詠哲搞定了一切，幾乎是落下筆的下一秒，他聽到身旁人急促的說「怎樣？怎樣？」，一邊這麼問，還一邊星星眼看人，可愛到讓人想捏。於是他果斷的伸出了手。

「……喂！」被扯成包子臉的莫忘沒好氣的一把拍掉他的賊爪子，「惡狠狠」的奪回她的試卷，仔細那麼一看，頓時笑顏逐開，「九十分，萬歲！」

「丟了十分，有什麼值得慶祝的？」

「囉嗦！別把我和你這種奇葩相提並論，這樣已經很不錯了！」話雖如此，她還是仔仔細細看了丟分的地方，石詠哲已經把正確的答案備註在一旁。她鼓了鼓臉，有些不滿，「又有五分是因為粗心啊……」明明每次都暗自提醒自己不要犯錯，事後也有檢查，為啥又在同一個地方犯了錯？

「所以說，妳要仔細點。」

「我已經很仔細了！」

石詠哲嘆了口氣，「那就是腦袋缺根弦。」

「走開！」莫忘齜牙威脅他，而後轉頭，「呀，這個時候了！」她跪直身體，快速收拾好桌上的東西。

「有什麼事嗎？」石詠哲敏銳察覺到了什麼。

莫忘下意識想回答「當然有事，我要去看艾斯特」，但一想這傢伙剛才的惡劣話語，果斷的放棄了，只哼了聲：「要你管！」

「我走了啊！」威脅語再現。

「走吧，今天的你已經沒有利用價值了！」陰險笑。

石詠哲咬牙，「明天別找我！」

「不要。」

「喂！」

「嘿嘿嘿嘿……」莫忘頗為惡劣的笑了起來，沒錯，她就是吃定了這傢伙絕對拒絕不了自己的「懇求」，所以才這樣囂張。不過，太過頭了也不好，於是她果斷的順毛，「咳咳，別生氣了，明天我請你吃飯。」

「妳說的請吃飯就是吩咐人把飯菜送我房裡嗎？」

「咳咳咳。」有權不用枉做官……不對，這個思維不對勁！必須禁止！

「算了……」石詠哲扶額，這傢伙真是越來越「壞」了，某種意義上他也已經習慣了。

「你不走嗎？」

「……妳很想我走嗎？」

「不是。」莫忘從衣櫥中拿起一件暖和的外套穿了起來，「只是我要出去一下。」

「……去哪裡？」

「艾斯特生病了，我去看看。」雖然下午格瑞斯等人也相繼去看過，回來後說他沒什麼事，但她不親眼見到總是放不下心。

「哈？」

「你走的時候記得幫我關門啊。」說完，圖省事的莫忘直接從窗戶翻下去，直奔馬廄。

被獨自留下的小竹馬：「……」他這算是被用完就丟？

★◎★◎★◎★◎

晚上九點半，被家人「逼迫」休息養病的艾斯特大概是因為白天睡太久的緣故，毫無睡意。此時的他已經換上了潔淨乾燥的睡衣，枕頭、床單與被褥也全部更換了一次，上面沒有什麼在衣櫥裡放久了所染上的沉悶香氣，反而滿是陛下所喜歡的太陽味。不得不說，哈麗真的將他們一家照顧得很好。拜此所賜，雖然他的頭還有些昏沉，但精神已經好了很多。

書桌上的水晶燈亮著，卻被調成較為暗沉的燈光，只保持著室內的基本照明。

這是艾米亞做的，當時他一邊調節燈光還一邊「惡狠狠」的說：「躺在床上都想繼續看書的話，就自己起床弄亮它！」

艾斯特對此事的反應只有苦笑，看來在所有人心中，他和「工作狂」已經畫上了等號。不過，他倒並不討厭這個稱呼。而且若真的需要亮光的話，使用魔法就可以，完全不需要下床。只是他能理解弟弟話語中的涵義，艾米亞只是希望他好好的休養。

事實上，他也真的沒想爬起來。

軟乎乎的被窩讓人感覺很舒適，艾斯特身體舒展的躺在其中，覺得很是放鬆，雖然睡不著，卻也沒有什麼想起來的衝動。唯一的不足大概是高燒已退，但身體的溫度依舊不低，窩久了自然會有點熱。

如果是艾米亞，恐怕早已經把雙手伸出被窩散熱了，但他的哥哥從小就是個乖孩子，對於「發燒須發汗」這種「聽起來很正確的建議」向來不會違背，所以也只能默默的忍受了。

人一旦沒有睏意，就容易胡思亂想。艾斯特也不例外。

青年的思緒難得的、無邊際的胡亂發散著。

——是陛下最先知道我生病的？

——可惜她來時我居然不知道，陛下走的時候會覺得失望嗎？

——陛下明天還會來嗎？

——不，明天我肯定已經徹底恢復，到時候必須去向她謝罪才可以，竟然添了那麼大的麻煩。

驀然……

「誰？」雖然生病，但反應卻是半點不慢，他猛地扭過頭，目光炯炯的注視著發出了一聲輕響的窗戶，而後就看到——

「陛下？」

一直牢記教導乖乖鑽被窩的艾斯特掀開被子坐起身來，跳下床三兩步的就跑向窗邊，一把將窗戶拉開。

正在努力嘗試「如何從外部打開窗戶」的莫忘尷尬的笑了笑，貓著腰一溜煙的跳進了屋內。因為在這座莊園待了不短時間的緣故，她很順利的就溜進來了，本意是不想打擾到所有人啦，但之後她突然大腦抽風，想學一下瑪爾德的「夜訪」，於是……

事實證明，夜訪很容易摔下樓，一定要謹慎啊！

「陛下，您怎麼會來？」

「來看看你……你怎麼沒穿鞋子？」

「……」慌忙間跳下床的艾斯特壓根沒顧得上穿鞋。

「快回去，回去床上！」莫忘跟攆小雞似的快速把艾斯特弄回床上，再一把抓起被子將他嚴嚴實實的蓋好，才鬆了口氣。

「……」艾斯特哭笑不得的注視著自己的蠶寶寶造型，雖然有點窘迫，心中卻很溫暖，不管怎樣，這說明陛下很關心他。

「真是的，我只是想來看看你，而不是要害你病更重啊！」莫忘毫不見外的直接坐到了床邊，伸出手摸了摸艾斯特的額頭，又摸了摸自己的，「嗯，好很多了呢。」雖然比起她的還是要熱了點，但比起早上真的要好太多了。

「讓您擔心了。」

「說過多少次了，別這麼見外啦。」莫忘攤手，「要是我生病了，你也會……不對，恐怕會比我更擔心吧？」

「……會讓陛下您覺得困擾嗎？」

「啊？」莫忘愣了一下，隨即笑著搖頭，「不會啊！怎麼說呢……嗯，很有安全感，就像爸爸的感覺一樣。」

艾斯特：「……」爸爸……爸爸……爸爸……爸爸……爸爸……

莫忘只是隨口那麼舉例一說，卻沒想到她這句話已經在大齡青年的心口捅下了重重的一刀，他幾欲吐血啊！

「你怎麼了？臉色這麼難看。」毫無自覺的莫忘一看著急了，「難道是剛才……」

「不。」艾斯特伸出手一把抓住她的手腕，阻止了她去叫人的動作。他深吸了一口氣，保持鎮定的語氣說：「別擔心，我沒事。」

「真的？」

「嗯。」

「可是……」

「只是，陛下……」艾斯特微側著頭，垂下眼眸，濃密的睫毛遮住了他的眼神，「我真的很老嗎？」

「哈？」莫忘下意識擺手，「當然不，俗話說『男人四十一枝花』嘛。」

艾斯特：「……」四十……四十……四十……四十……四十……

莫忘又是隨口那麼一說，卻沒想到這句話又在大齡青年的心口捅了一刀，激得他嘴角都快溢出血絲了。

好在她立刻就反應了過來：咦？艾斯特為啥要問這樣的話？莫非他很在意年齡？噗！這種自戀難道不應該是格瑞斯的風格嗎？真、真是不可思議啊！

想著想著，她情不自禁「噗」的一聲笑出來。

下一秒對上艾斯特疑惑且鬱悶的視線，她笑得更厲害了，縮回被抓住的手，抱著肚子，幾乎前仰後合。

「哈哈哈……哈哈哈……艾斯特你居然也會擔心這些事嗎？真是完全想不到啊……」

艾斯特：「……」扶額。

對方的鬱悶引起了莫忘濃重的「同情心」，她猛咳了幾聲：「咳咳咳……」總算勉強停下了笑，「那啥，其實我剛才是亂說的，你看起來一點都不老，真的！」

「……陛下，您不用刻意安慰我。」無論怎樣殘酷的事實，他都是可以接受的。

「不不不，不是安慰啦。」莫忘湊近坐了坐，雙手抬起搭在艾斯特的肩頭，露出認真臉的說道：「你看起來很年輕，頂多只有二……」咦？他二十幾來著？算了，「頂多只有十八！真的！」

艾斯特默默的從懷中拿出一顆水晶球，「您的魔力值被扣了。」果然是在撒謊啊。

莫忘：「……」她怎麼忘了這個？！QAQ

心中稍微有點鬱悶的青年，在看到自家魔王陛下更加鬱悶的表情時，不知為何心情竟然好了不少，但隨即又意識到這種情緒有點不太對勁，卻又不知道哪裡不對。

如果是艾米亞，那肯定可以清楚的說出：「喜歡一個人，當然要欺負到讓她哭不出來，再伸出手捏捏她氣鼓鼓的小臉。當然，真哭出來也不錯，那鮮花雨後帶露的模樣一定很是讓人憐愛，花是香的，露水也一定很是香甜，真想嚐嚐看啊，從她身上溢出的每一滴……」

可惜，艾斯特這傢伙……咳，用瑪爾德的話說就是自帶「悶騷」系統，所以完全沒辦法說出這樣毫無羞恥心的話。

當然，如果他真說出來，也八成會被越來越暴力的女孩一巴掌拍飛，再被迫品嘗左右十八拳連擊——她肯定會認為他是被什麼壞東西附身了，要及時「抽出來」才可以！

某種意義上說，比起「明騷」型，魔王陛下也許更欣賞「悶騷」派。

「算、算了，已經扣了也沒辦法。」絲毫不知道對方心理走向的莫忘默默擦乾「辛酸的淚水」，說道：「反正我今天上街的時候有做好事。」經過很長一段時間的鍛鍊，隨手幫忙已毫不誇張的變成了她的習慣，不過她不打算改正，因為這並非什麼壞事不是嗎？而且……等一下，「你居然笑了？你在笑我？」怒、怒、怒！

「咳，真的非常抱歉。」

「……做都做了，再道歉有用嗎？」大怒、大怒、大怒！

問題是這傢伙擺出一副「您想怎麼處罰我都可以」的模樣，反而讓人無從下手了好嗎？莫忘第一次覺得，艾斯特這傢伙其實也挺無賴的，還是那種無懈可擊的無賴！

女孩默默咬牙。

青年很敏銳的察覺到自己似乎被記恨了，他覺得自己必須主動認罪才能爭取寬大處理，該找點什麼事來轉移陛下的注意力呢？

就在此時，莫忘發現了一件事，問：「你枕頭下面放著什麼？」她的火氣向來走得快，不過一瞬間，就什麼都不記得了。

「枕頭？」艾斯特下意識側過頭，但很快就伸出手將其一把捂住。

速度之快讓莫忘瞠目結舌，她反應過來後，怪兮兮的笑了兩聲：「有～秘～密～」

艾斯特：「……」

「咦？你臉紅了？」她更好奇了，那到底是什麼東西？不過既然是艾斯特的秘密，她似乎不好再細究，哎哎，真的好可惜。雖然心中如此想，但這不妨礙她壞心眼的嚇唬一下人，於是她快速轉頭對窗戶尖叫：「那是什麼？」再趁青年轉頭時，迅速伸手摸了一把枕頭。

艾斯特其實真的沒有那麼容易被糊弄，但俗話說得好，關心則亂，所以上當也就成了很自然的事情。然而話又說回來，真比拚反應速度，莫忘快，他更快。

當前者的手才摸到枕頭時，後者就已經一把抓住了她的手腕，而很不巧的，只打算嚇唬一下人的女孩已經打算收手，一拉一扯之下，她整個人成功的化身為「炮彈」，結結實實的隔著被子砸到了某人的胸口。

「唔！」

兩相接觸之間，魔王陛下最先發出了一聲低低的慘叫，她掙扎著恢復了手的自由，摸著鼻子慘嚎：「痛……」身體砸到的是被子，鼻子卻很不幸的砸到艾斯特從被子中鑽出的胸膛……他到底是吃什麼長大的啊？胸膛那麼硬！

說話間，她抬起頭。

恰在此時，擔心不已的艾斯特將頭低了下去，「陛下您沒……」

「咚！」

女孩的額頭與青年的下巴順理成章的磕在了一起。

「唔！」莫忘痛得眼淚快流出來了。怎麼這樣！她只是想稍微開個玩笑，又沒打算真的做壞事，有必要遭受這種報應嗎？話說這傢伙渾身上下都這麼堅硬嗎喂？！

原本包裹在被子中的艾斯特，在剛才已經完全伸出了雙手，一手下意識的攬在女孩腰間防止東搖西晃的她摔到地上，另一手在空中徒勞的動著，有點想撫摸她的「傷處」，但又怕把她弄得更疼。

他猶豫間，她的雙手已經舉起，交疊在一起捂著額頭，眼圈微紅，兩眼含淚，看起來別提有多可憐了。

就像因為貪吃而被主人敲了腦袋的可憐兔子。

如同被蠱惑了一般，艾斯特近乎貪婪的注視著她距離自己很近很近的臉孔。

——還不夠……

——還想更近……

——想更加親近她……

艾斯特一直如靜湖般無波的冰藍色眼眸中，堅冰融化，轉瞬之間便風起雲湧，掀起了巨大的風浪。

雖然沒有注意到對方的眼神，但莫忘敏銳的察覺到氣氛似乎有點不太對勁，她鬆開手，有點疑惑的抬起頭看向對方，「艾斯特，你怎麼……」話音戛然而止。

——該怎麼說呢？突然覺得現在的艾斯特好危險。

——被他緊盯著的自己，簡直好像落入了什麼陷阱的獵物，只能等待對方彎下腰抓住自己，卻壓根沒有任何逃脫的空間。

——他這是……怎麼了？

但即便如此，莫忘依舊覺得此時此刻的艾斯特只是危險，卻並不可怕。無論任何時候、任何地點，她都堅定的認為他絕對不會做出什麼傷害自己的事情。

她相信他，和相信自己差不多。

不覺間，青年的臉孔靠近了。

莫忘更加覺得不對勁，卻又不知道哪裡不對。

艾斯特的目的很明顯，但問題就在於她從未經歷過這種事，而且也從未想到一直忠誠無比的守護者會對自己做這樣的事情。畢竟，他比她大了不少，並且一直看起來是那麼的從容淡定，完全不像對她懷有這種感情的樣子。

所以她茫然、她不解，等她想抽身而退時，卻發現自己的後腰已經被一隻滾燙的大手固定住，那手心的溫度是如此炙熱，直接穿透不薄的衣物傳達到肌膚之上。

氣氛，越來越奇怪了。

莫忘張了張口：「艾……」正說話間，才發現因為緊張，嘴唇和嗓子都乾澀得厲害，她下意識舔了下嘴唇，嚥了口唾沫，重新整理著自己的言辭，「艾斯……」

殊不知，她完全無自覺的動作在對方的眼中卻是不得了的「誘惑」——粉色的脣瓣微微顫動，小巧的舌尖滑過其上，為嘴唇染上一層淡而曖昧的水光……

——想要……

艾斯特微微偏過頭，近在咫尺，一觸即發。

卻偏偏在這一刻——

「哥哥，你房裡剛才什麼聲……」

被剛才女孩玩笑似的尖叫引來的艾米亞，一手揉著因為起床而有些亂的頭髮，一手推開了門，滿是慵懶的眼眸在看到眼前的一幕後，驀然瞪大——驚訝、懷疑、不可置信、掙扎、痛楚……一連串的神色快速閃過後，他垂下眼眸，微微抽了一下嘴角，輕聲說：「抱歉，打擾了。」說完，將門帶上。

房中再次恢復了寂靜。

莫忘鬆了口氣，她能感覺到剛才那種微妙的氣氛隨著艾米亞的闖入已經消失殆盡。

雖然不太清楚究竟是怎麼一回事，但她無端想起了張姨曾經對自己說過的話——

「好女孩絕對不可以在夜間獨身待在男人房間裡哦，即使是親戚也不可以掉以輕心。雖然女孩可能什麼都沒做錯，男方本來也沒打算做什麼錯事，但夜晚和封閉的房間是非常特殊的環境，總會激起某些特殊的『化學反應』，而這種『反應』對女孩子來說是有害無利的。最好的解決辦法就是絕對不要給別人傷害自己的機會。」

就像剛才所想的，她相信艾斯特不會傷害自己，但同時也隱約明白了張姨話中的涵義。以前，她沒把這句話放在心上；但今後，不出意外的話，她應該不會再做這樣的事情。所以莫忘知道，她不適合繼續待下去了，也許剛才的氣氛不會再次產生，但她的的確確該離開了。

於是她快速站起身，「時間也不早了，我該回去了。」

「……」

「艾斯特，你好好休息，我走了哦。」

這一次，她沒有走窗戶，而是正常的從門口離開。見到她的哈麗很是吃驚了一把，但隨即親自將她送了出去。

重新坐上馬車的莫忘，就這樣一路順利的回到了王宮。

只是……

毫無形象的趴倒在馬車座位上的她很是煩惱。

——艾斯特那個時候到底是想說些什麼？又想做些什麼呢？

——果然非常介意啊！非常介意啊！想不出來頭都疼了好嗎？！

——偏偏……這件事似乎是不好向他人詢問的。

——好、糾、結！

但其實，她應該覺得安慰，因為還有人比她更糾結。

在莫忘離去後很久，艾斯特還呆呆的坐在床上，一動也不動，遠遠看去簡直如同一座冰之雕像。

又過了不短的時間後，他伸出手，頹然的捂住面孔。

——自己到底都做了些什麼？

不僅起了那種褻瀆的念頭，還差點付諸實踐，雖然清楚的知道親吻應該不可能使得陛下……但在魔界，這可是極親密的人才能做的事情，一生只對一人可以做出的事情。他居然差點……這種事情……這種事情……

他的自制力真的是越來越差了。

——再這樣下去恐怕……

——會再也無法控制自己。

雙手捂面，他無力的後仰，被這動作震動的枕頭隨之移動，隱藏在其下的、引發這一切的罪魁禍首露了出來——那是一張畫像。

一張女孩的素描畫像。

上面的女孩穿著吊帶睡裙倒在柔軟的床上，嘴角微微勾起，睡得香甜無比。

都說筆端會流露出繪畫者的感情，這一幅也不例外，因為那畫中人乍看之下，簡直像是熟睡著的天使，既讓人壓抑不住想要碰觸，又怕驚醒了她的美夢。

猶豫，矛盾，掙扎……

多麼無奈，和他的心情多麼相似。

所以這幅偷偷畫出來的東西，也只能自己偷偷的看。

★◎★◎★◎★◎

這個意外也許只是雙方人生中的小插曲，但帶來的餘波卻出乎意料的在「湖面」上停留了不短時間。

第二天，艾斯特病得更嚴重了。

不是裝病，是真的二度發燒了。

擔心不已的莫忘依舊去探病了，只不過這一次她是和其他人一起去的。她的關心不是作偽，卻在下意識的避免與對方單獨相處。

莫忘自己也不知道這是為什麼，只是單純覺得這似乎是正確的選擇。她的心……稍微有點亂，總覺得觸及到了什麼原本不應該接觸的界限。而解決這困擾的最好方法，就是將其拋諸腦後。

所以她這麼做了。

而艾斯特似乎也同樣意識到了這一點。

病好後，兩人又恢復了與從前「一樣」的關係，起碼表面上看起來的確是這樣。

★◎★◎★◎★◎

寒假的時間一溜煙就過去了。

距離假期結束還有三天的時候，莫忘帶著包裹和小竹馬的跟班們一起回到了「人間」。

至於小竹馬，因為要拜訪親戚的緣故，已經提前離開了魔界。

回家時，剛好是正月十三的清晨，因為守護者幾人會輪班回來看守一天的緣故，家裡並沒有什麼灰塵，而且年末時還經過一次大掃除，所以現在屋子都非常乾淨。

這次跟著她回來的是格瑞斯、賽恩和瑪爾德，克羅斯戴爾家族的兩兄弟都留在了魔界。哥哥姑且不說，莫忘覺得弟弟似乎看自己有點不太順眼，說話時眼睛左看右看就是不看她，表現出了較為明顯的「拒絕」態度。

所以……

「養兔小能手」的稱號只能交給賽恩了。

「黑貓」和「白貓」與賽恩相處得很好，這個名字來源於牠們雙雙把聖獸老鼠尼茲撲倒了。俗話說「不管黑貓白貓，能抓老鼠的就是好貓」，於是……咳咳咳，坑爹名由此而來。

到家後不久，莫忘就接到了小夥伴的電話，蘇圖圖很憤怒！

「妳一個寒假到哪裡去了啊？怎麼打電話都不通，我還以為妳被外星人綁架了！」

莫忘冒汗：「我不是提前發簡訊說我要回老家了嗎？」

「那也不至於打不通電話吧？」

「我、我老家沒有訊號。」這不是撒謊，魔界真的沒這玩意啊！

「……妳到底去了哪個山溝溝裡啊？」

莫忘：「……不算是山溝吧？」

明明很豪華，而且富有創造精神的格瑞斯還帶了一大批物品回到魔界，找了一堆人準備要來拆解研究，她覺得自己總有一天能看到「魔界版本的手機電腦」……不過，那也不錯。

好在蘇圖圖的脾氣來得快去得也快，「算了，人沒事就好，我前兩天也回了老家，還帶了特產給妳，要不要來拿？小樓也一起。」
「嗯！正好，我也有帶東西要給妳。」莫忘笑了。
「必須的！」
接下來的日子裡，小姐妹們好好的聚集了一場，盡情感受友情的溫暖。
正月十五，石叔與張姨帶著莫忘與她的「表哥們」下了一次館子，以吃得肚兒圓來慶祝莫忘的生日，接著她又成功的獲得了禮物若干。
但是！這只是暴風雨前的寧靜！
因為……
第二天就開學了。QAQ
再次回到學校中，她真心是感慨良多，最大的感慨就是──求、繼、續、放、假、啊！
這大概是每個放假後歸校的學生內心的訴求，可惜民怨再大，也無法「上達天聽」，苦命的他們仍舊必須繼續苦痛的學習生涯。
日子就這樣平淡的繼續著。
之所以覺得平淡，大概是因為沒有遇到太多波瀾，但是莫忘覺得，這樣或許就是最美好的生活也說不定。如果能一直持續下去就好了……
懷著這樣的期望，時間很快飛到了四月。

第三章

魔王的守護者統統失蹤

莫忘得到了一個消息，這個月底爸爸媽媽會辭職並帶著「弟弟」一起回到這個城市。很巧合的，那個叫做「莫遲」的孩子只比她晚一天出生，剛好是正月十六。想到此，她不由得莞爾，在開學的日子過生日，到底是有多苦命啊？

這個消息雖然讓她開心，卻也不至於讓她激動，而更讓她困擾的是，一旦父母回來，守護者們該怎麼辦呢？而且之前撒下的那些謊言也就全部穿幫了……

雖然格瑞斯信誓旦旦的說會用魔法解決一切，但她總覺得這傢伙略不可靠。而且，就算能解決這個問題，他們也絕不可能繼續在她家住下去──空間完全不夠。

但是……

「陛下！我可以住在儲藏室裡！」

莫忘扶額看著特別愛抱自己大腿的紫髮青年，「那裡不能住人好嗎？」

「沒什麼不可以的！」格瑞斯猛地搖頭，「收拾收拾完全可以的！」

莫忘：「……冬天沒暖氣、夏天沒電扇，會冷死熱死的哦！」

「沒關係！只要待在陛下您的身邊我就可以活下去！」一臉堅定。

「喂！那種不科學的話完全沒有說服價值啦！」說話間，莫忘情不自禁的嘆了口氣，而後她從口袋中拿出了一張出租啟示，「頂樓正好有一戶人家想把房子租出去，相差幾樓而已，上下很方便的，你看怎樣？」

「不錯。」

「那麼……」

格瑞斯堅定的說：「讓他們去住吧！」

「……」喂！說不通啊！

「我同意前輩的說法。」賽恩默默舉手，「陛下的家中需要一個人來守護。」

「嗯嗯。」格瑞斯連連點頭。

「所以還是讓我來吧。」賽恩燦爛笑。

「……」格瑞斯大怒，「你這個叛徒！」

於是兩人掐了起來。他們很快就將屋中弄得一團糟，額頭蹦出青筋的莫忘直接將這兩個搗亂的傢伙掃地出門，而後看著一屋子的狼籍，無語凝噎。

她到底是造了什麼孽？！

一邊無奈，莫忘一邊開始收拾東西，當撿到某個翻倒在地的盒子時，她的手頓了頓。沒記錯的話，去年的國慶連假，她就是從這個盒子中找到了那顆神秘的水晶球，而後用其召喚出了艾斯特，一切都是從它開始的啊……

她蹲下身，小心翼翼的將盒子撿起，就在此時，一張紙從其中飄了下來，大概是因為被壓在最底部的緣故，之前幾次打開時她從未注意到裡面有這玩意。

莫忘有點好奇的將紙張撿起來一看，整個人瞬間怔住。

片刻後，她的手開始微微發抖。

這是一幅畫。上面畫著的人……拖及腳踝的黑髮，同樣色澤的長袍，遮住了大半張臉的面具……

雖然筆跡看起來粗糙無比，但莫忘確定，是她自己的。

這幅畫，是她畫的。

如果說只是畫面相似可以說是意外，但它的旁邊分明寫著「魔神」二字，究竟是什麼時候？她怎麼會？

「唔！」

莫忘突然覺得頭疼無比，就像是大腦一瞬間接受了大量的資訊般，被漲得生疼生疼，她下意識的雙手抱住頭，就那麼倒在了地上，臉色煞白，渾身冒汗。她覺得自己應該要忍受住這疼痛，否則會讓人擔心，但身體的本能已經驅使她大聲的叫了出來：「啊——」

而後，她就陷入了短暫的昏迷之中。

「陛下！」

「陛下！！！」

「你們怎麼……小忘？她怎麼了？」

再次醒過來，她正躺倒小竹馬的懷中，對方一臉關切的看著自己，伸出手小心翼翼的摸著她的臉。

「小忘，妳還好嗎？」

「我……」開口間，莫忘突然覺得心口疼得厲害，卻堅持著說出了，「沒事……」

「太好了。」石詠哲鬆了口氣，卻依舊放不下心，「我帶妳去醫院。」

「不……」

「別把自己的身體不當回事！」

「……嗯。」

的確感到不太舒服的莫忘順從的點了點頭，同時胸口的痛感更加劇烈，她一手捂住心臟，呼吸先是急促，沒一會兒就喘也喘不出來，像是突然被人捂住了口鼻，完全無法呼吸到任何空氣。

「小忘？別嚇我啊！」石詠哲想都不想的直接抱起她站起身來，雖然剛才已經打電話叫了救護車，但現在這個情況讓他怎麼可能沉住氣等下去啊！

「我馬上就帶妳去醫院，堅持住！」

莫忘張了張口，想要說些什麼，然後脫口而出的，卻是一口殷紅的熱血。

「……血？」石詠哲跑動的身形未停，手臂卻微微顫抖了起來，「為什麼妳會……」這種事情……這種事情……

然而回應他的，只有女孩緊閉的雙眸和不斷自嘴角邊溢出的血絲。

石詠哲覺得自己快瘋了。

——到底出了什麼事？

先是聽見小忘的慘叫，緊接著是進門的那瞬間，那幾個原本圍住她的男人突然消失，彷彿從未存在過，再接著……她變成了現在這樣。

——到底……發生了什麼事啊？！

——是誰傷害了她？

無論是誰，他都絕對不原諒！

★◎★◎★◎★◎

之後的情況很糟糕。

才一進入醫院，意識模糊的莫忘就住進了加護病房，足足一天都沒有醒過來。用醫生的話說，就是她身體的器官再次全部開始衰竭，或者說，女孩原本已經徹底痊癒的「病」，突然復發了。

不只如此，薩卡、布拉德牠們也全部失去了蹤影，如同莫忘的守護者們一樣。

——現在究竟該怎麼做？

石詠哲坐在走廊的座椅上，頹然的撐住額頭，心中每一秒都流轉過無數個念頭，卻沒有任何一個……能改變現在這種狀況。

——究竟該怎麼做？

——究竟該怎麼做才可以救她？

——要付出怎樣的代價都可以，所以說……

「石詠哲！」

一聲突然的叫喊將少年從紛亂的思緒中扯出，他抬起頭，因為這一天一夜完全沒有休息的緣故，眼神在看向聲音發出方向的瞬間有點失焦。

「小忘她怎麼樣……」如此問著的短髮女孩話音戛然而止，整個人趴在了重症加護病房外的透明窗上，眼淚刷的一下就流下來，「明明幾天前還好好的，為什麼會突然……」

一隻手搭上她的肩頭。

蘇圖圖含淚扭過頭，「小樓……」

「她一定會沒事的。」林樓一直略顯縹緲的嗓音此時此刻格外的堅定，恍若包含著什麼必然會實現的信念。

「嗯！」蘇圖圖一邊點頭，一邊胡亂擦掉臉上的淚珠，「就是，我哭什麼啊，小忘一定會好起來的，不是約好了嗎？下週末我們還要一起去遊樂園，然後拍海盜系列的……」話音未落，她一把捂住自己的嘴，雖然知道不應該哭，但那該死的鹹味水滴就是不停的往下流，她有什麼辦法？

林樓嘆了口氣，將她的頭按到自己胸前，輕柔的拍著她的背脊。

「……我沒有哭！」

「嗯。」

接下來，不止是他們，班上的其他同學都來了，但沒待一會兒，就被護士以「這裡需要安靜」為由趕走了。留下來的只有石詠哲、蘇圖圖和林樓三人。

終於鎮定下來的蘇圖圖有點擔憂的看著石詠哲，「你看起來很久都沒有休息了，要不要去睡一下？」

石詠哲搖了搖頭，「我沒事的。」再等下去情況恐怕會越來越壞，他不能休息，要繼續不停的思考，直到找到能夠救她的方法！

「可是……」

蘇圖圖還想再說些什麼，卻被林樓拉住了衣袖，後者對前者搖了搖頭。

「……那我去幫你買點吃的吧。」

「嗯，謝謝。」

「不客氣。」

兩位女孩的身影漸漸消失，寂靜的走廊上，再次只剩下石詠哲一人。

然而，悄無聲息又永遠給人意外的「命運大人」似乎不想讓他安靜，不過片刻，他身邊又響起了腳步聲。

石詠哲抬起頭，發現來的是穆子瑜和陸明睿，明明很討厭這兩人沒錯，但在此時此刻，他卻完全湧不起什麼敵對的念頭，連多看一眼都不想去做。

他還有更重要的事情。

——如果這個世界沒有了她，那麼這些又有什麼意義呢？

——完全沒有意義。

不過，對方似乎不太想讓他繼續思考。

「學妹怎麼樣了？」

面對穆子瑜的提問，石詠哲只是安靜的搖了搖頭。

「你……」

他尚未說完，就看到自己的朋友已經快速衝上去，雙手提起靜坐少年的衣領。

陸明睿的表情因為激動而陰沉異常，石詠哲卻只是淡淡的看著他，彷彿對這種狀況毫不在意，「鬆開。」

「到底發生了什麼事？」

「……」

陸明睿吼道：「別裝傻，我知道你們之間的那些秘密！她不是魔王嗎？為什麼會弄成現在這樣！」

穆子瑜微微皺眉，如果眼前這人不是他的老朋友，他幾乎以為對方精神錯亂了，居然說出這種不合邏輯的話。但如果那是真的……他們到底隱藏了什麼他不知道的秘密？

面對對方的逼問，石詠哲居然問出了一句看似毫無關聯的話：「你的身體怎麼樣了？」

陸明睿愣了愣，隨即意識到這可能是什麼關鍵點所在，答道：「很好。」

「……是嗎？」也就是說，因魔力而改變的現實依舊存在著，那麼為什麼只有小忘的身體會衰弱下去呢？還是說，她的身體其實從頭到尾都沒有好過，那些所謂的「痊癒」只是魔力造成的「假象」？可惡！到底是怎麼回事？

雖然還有很多細節不明白，但依據現在這些線索，石詠哲大致推斷出：小忘的身體毫無疑問是靠魔力來維持，而這魔力又來自於「做好事」……不，準確來說，是以「魔王」的名義去「做好事」，這樣的話，究竟什麼是魔王呢？具體情況他也說不清楚，但可以肯定的是，這種必須做的行為是某種「連接器」——將這個世界與魔界聯繫上，再將匯聚的魔力集中在她體內。

那麼現在的狀況就很明白了，一定是魔界出了什麼問題，所以魔力無法到達她的體內。也許是有人強制關閉了魔界與這個世界的通道，如果說上一次「斷絕」還留有空隙，那麼這一次就是真真正正的徹底斷絕，所以那些原本來自魔界的人才失去了蹤影。

那麼，想拯救小忘的方法只有一個——重新打開通道。

這是唯一的方法。

「對了，找那個人如何？」就在此時，陸明睿突然也想到了什麼，他提議道：「就是那個能夠預言的人。」

「那個人嗎？」石詠哲沉吟，「可以。」其實他很清楚，那個人的能力當作「預言」其實是不正確的，應該只是某種程度上的預測吉凶？但事情到了這個地步，即使只有萬分之一的機率，他也願意嘗試。

之後，他們在買飯歸來的蘇圖圖的聯絡下，成功找到了林朝鈞。在尼茲的教導下，林朝鈞已經能夠順利的制止魔力不斷從自身散逸而出。

但是讓幾人失望的是，這些年來林朝鈞的身體其實已經嚴重透支，魔力損耗也相當嚴重，在完成「控制」後，他剩下的不多的魔力幾乎全部用在修復軀體上。現在的他，和普通人相比其實沒有多大區別。

然而，也並非毫無希望。

臉色依舊蒼白、精神卻比從前好了很多的青年將一本筆記遞到了石詠哲的面前，「也許這個可以幫你。」

「這個是？」石詠哲翻開筆記，發現上面居然寫滿魔界的文字，在下方還有中文注解。

「尼茲老師教導我時，讓我自己抄了一遍書以加深印象，雖然我真正學習到的只是其中幾條，但這也許會對你有用。」

「謝謝。」事關女孩，石詠哲沒有做什麼多餘的客氣，拿起筆記後快速的翻動著。

不知不覺間，他將其餘幾人徹底忘記，重新坐回了座椅上認真的閱讀起手中的本子。其他人知趣的沒有打擾他，林樓彎下身，把一個撕開了的餅乾盒放到他的手邊。

一小時後，石詠哲突然站起身，如同瘋了似的跑走了。

其餘人：「……」

蘇圖圖捂住心口，「他不會是受刺激過度吧？」

林樓扶額，「妳想太多了。我想，他或許是有什麼辦法了也說不定。」

「哎？真的嗎？」

★◎★◎★◎★◎

一路飛奔而去的石詠哲，他的目標是——莫忘家的儲藏室。

沒錯，一切都是從這裡開始的。

她成為魔王是這裡，她變成現在這模樣還是這裡，這裡是個起點，也是個「節點」。

石詠哲站立在地板上尚未擦去的魔法陣中，輕聲唸起筆記上所記錄的咒語，一邊唸著，一邊仔細感受著什麼。片刻後，一點輕微的波紋突然出現在他的腳底，這反應是如此微弱，以至於他花費了不少功夫才感受到。

「果然有！」殘餘的魔力波動，雖然在持續流逝，但真的還有！

那麼，他所需要做的很簡單──在這些魔力徹底消散前，儘快利用這個「節點」強行打開通往魔界的門！

這樣做了，她應該就會好轉吧？

只是，因為從未好好練習過魔法的緣故，石詠哲不確定門會不會在打開的瞬間崩塌。不僅如此，他還能察覺到自己體內的魔力也在逐漸消散，即使去搶棒棒糖，這種情況也沒有任何改變。這與小忘無法再透過做好事獲得魔力是一樣的道理──通道關閉，所以魔力無法順利的傳輸到他的體內。

他只有一次機會！

不存在容錯率這玩意！

絕對不允許失敗！

即使無法順利的徹底打開通道，那麼至少，要拚盡全力打開它，哪怕只有一瞬間也好，然後在那個瞬間……把她送過去。

再也見不到她也沒關係，至少……至少……只要她能活下去，任何犧牲都是值得的。

第二天的新聞播報了這樣一起事件——

某少年砸破ＸＸ醫院加護病房的大門，將裡面的重症患者強行帶走。據目擊者回憶，該少年還有一位共犯，目前真實情況正在調查中。

但這畢竟是第二天的事情，誰能預料到呢？

就算能預料，那又怎樣？什麼都阻擋不了他救她的決心。只是……

石詠哲看向「共犯者」，問：「你確定要插一腳？可能再也無法回到這個世界哦。」

「這種事情無所謂啦。」少年隨意撥弄了下髮尾的茶色水晶，笑嘻嘻的說：「反正從我一出生起，家裡人就隨時做好了替我送終的準備，是她幫了我，現在輪到我幫她了。而且，能到另外一個世界去看看，我很期待哦～」他的表情很淡定，彷彿完全不把一切放在心上。

「……隨便你。」

「嗯嗯，自己做事自己負責。」如果真的再也回不來，遺憾肯定是有的，但到底是誰比較遺憾呢？是他，還是子瑜？

在陸明睿懷著如此想法的時候，穆子瑜正在醫院中接受警方的詢問。面對一切問題，他的答案只有「我需要律師」，這是他唯一能為她做的。

穆子瑜想起當時陸明睿跑走之前，用力的拍了一下自己的肩頭，用不小的聲音說：「要不要一起去？」

而他的第一反應，是停滯住了原本想要追上前的腳步。

這個世界固然糟糕，但另一個世界就會更好嗎？如果再也回不來，他真的不會後悔嗎？遲疑間，他就永遠失去了跟隨的機會。

即使閉上眼，眼前都彷彿還浮現著那兩人和……她逐漸消失的身影，一道鴻溝將雙方遠遠隔開。

他在這頭，他們在那頭。

背道而馳，漸行漸遠。

穆子瑜有一種預感，猶豫不決使得他終於錯過了什麼重要的事情，並且……恐怕已經永永遠遠的失去了某種珍貴的東西。

——不管是明睿，還是……她，都已經再也……

這像是一場意外的分別，但誰又能說它不是命運呢？

穆子瑜的嘴角緩緩勾起一抹苦笑。

他在笑自己。

笑從此以後估計必須一個人活下去的自己。

幾乎是同時，另一場分別也在進行著。

儲藏室中來回震盪的波紋已經很強烈了，位於正中的石詠哲知道「時機」即將到來。他低下頭，認真的注視著懷中的女孩，因為這可能是最後一眼，所以他看得很仔細、很仔細，要將她牢牢的印刻在腦海中，一輩子都不會忘記才可以。

「照顧好她。」片刻後，他澀聲說出了這樣的話。

「嗯，放心吧。」

「……」其實他一點也不放心，但是，沒有別的辦法了不是嗎？

石詠哲努力壓抑住心頭的不甘與傷感，垂下首緩緩湊近女孩的臉孔，這不是他第一次想這麼做……但也許應該說是最後一次？

他輕輕的吻了一下她的眼睛。

——感覺得到嗎？

——如果感覺得到，就快點醒過來吧。

——最後再看我一眼，再讓妳那黑水晶般清澈的眼眸中倒映出我的身影……

——求求妳。

——至少最後再看看我。

他又啄了啄她的額頭與鼻尖，他還很想親吻她軟嫩的嘴脣，可最終還是放棄了。

他所在的未來裡，她不在；她所在的未來裡，他也不在。

他們已經沒有未來。

所以他不可以這樣做，沒有資格。

最後的最後，他輕柔的親了親女孩的耳尖，在她的耳邊輕聲說：「永別了，還有，其實我一直都很喜歡妳。」雖然妳以前不知道，現在不知道，將來也不會知道。

——永別了。

——我會記住妳的。

——所以妳最好忘記我。

而後，他狼狽的閉上眼，伸出手，將她和另一位少年一起推了出去。

所以他沒有看到，在他說完話的那一秒，女孩的眼皮輕輕顫了顫。

所以他還是沒有看到，在進入「裂縫」的瞬間，女孩的手猛地彈動了一下，彷彿下意識想抓住些什麼。猝不及防之際，他就那麼被女孩一把握住了手腕，用魔力勉強支撐起的「空間」如同失去地基的空中樓閣般迅速消散，漩渦般的氣流席捲而來，將三人盡數抓進了時空縫隙的亂流中。

好在，他們的運氣不算差。

★◎★◎★◎★◎

再次醒過來時，石詠哲發現自己正躺在一片草地上，腹部有點重……他一側頭，發現小青梅的頭正結結實實壓在自己的肚子上，而陸明睿的腳丫子也以一種「湊熱鬧」的姿勢架了上來。

石詠哲很有種想哭的衝動——好不容易鼓起勇氣下定決心以一種堪稱「悲壯」的方式告

別……結果和他玩這個？！那些話都白說了啊！而且……還做出了那種事……更重要的是！做那一切的時候還有圍觀者好嗎？

他開始默默思考「滅口的可行性」，乾脆直接把陸明睿推到不遠處的湖裡算了，安全衛生無汙染！

但最終，「良心」還是打敗了「凶殘」，他坐起身伸出手沒好氣的一把將「逃過一劫」的傢伙的腿拍飛。

不同的對象，有不同的對待方式。

仔細檢查後發現女孩的身體沒受到什麼傷害後，石詠哲舒了口氣，手在她頭頂頓了頓，而後輕柔的落下去，一下下撫摸著她的髮絲。

不管怎樣，沒有和她分開真的太好了。

雖然她的「那一抓」恐怕是無意為之。

不得不說，石詠哲真心瞭解自家小青梅，如果她意識清醒，是絕對不會讓他跟著一起冒險，尤其是……可能再也見不到家人。當然，他覺得現在這樣很好，並不是「有妹紙就不要爹娘」，而是因為他很清楚，如果老爸老媽知道現在的情況，也一定會支持他所做出的決定。起碼現在，她需要有人保護。

「唔……」

一聲低低的呻吟響起，繼石詠哲後，陸明睿第二個「活」過來。他揉著好像格外痛的腦袋，摸索著坐起身來，「成功了嗎？」

「……也許吧。」雖然他已經去過不少次魔界，但他依然無法肯定現在所處的地方到底是不是，只能說可能性很大。

「還真是不負責任的說法。」陸明睿輕嘖了聲，看向坐在地上的少年和枕在他腹上的女孩，眼神亮了亮，「學妹的臉色似乎好了不少。」

「嗯。」石詠哲點了點頭，這也是讓他做出判斷的最主要原因，但是，「她還是沒有醒過來。」是還需要時間嗎？如果到達這個世界也無法讓她醒來……那麼到底要怎樣做才可以？不管怎樣，先到附近去探探情況吧。

還有一個讓他做出判斷的原因是「時間」。

兩個世界的「月份」和「年」在之前恰巧碰到了一起。現在，現實世界過去了兩個月，也就是四月；與此相對的，魔界的時間過去了十倍——六百天左右，也就是說現在差不多是十月或十一月。

春秋的氣候雖然非常相像，但很多地方還是不同的。

比如他們身下的草，如果是春季，絕對不會像現在這樣帶有淺黃的色澤，而不遠處樹木的葉片也泛上了漂亮的金色或黃色，這裡果然是秋季。

秋高氣爽，陽光普照。

雖然氣溫並不算冷，石詠哲依舊脫下身上的外套將女孩結結實實的裹住，而後抱起。因為之前的事情，他現在面對某人有點尷尬，卻還是堅強的板起臉，下巴一揚，「走吧。」

「嗯～」陸明睿笑嘻嘻的點頭，彷彿完全不在意，但那表情落到石詠哲的眼中就彷彿在說——我什麼都知道，但我就是不說。

陸明睿：XD

石詠哲：= =

莫忘：ZZZZZZZZ

這大概就是三人目前的狀況。

才走了沒多久，石詠哲突然聽到不遠處有人驚訝的叫自己：「艾哲大人？」

石詠哲：「……」這個熟悉的稱呼……

在魔界，有一家人曾經收留過小忘，她稱呼他們為傑斯大叔、卡莎大媽，以及叫住自己的人——大兒子洛爾。她曾經帶他去拜訪過他們所開的餐館。因為他的名字「石詠哲」在這個世界讀起來似乎略拗口，所以她開玩笑似的在介紹他時發出了一個類似於「阿哲」的音，也就是「艾哲」。

還沒等他回招呼，對方已經快速的跑到他們面前，很有點緊張的左右張望了片刻後，慌張的說：「你們怎麼會在這裡？逃出來的嗎？」

「……逃？」

「你手裡抱的是凡賽爾……不，陛下？」

「……到底發生了什麼事？」石詠哲敏銳的察覺到似乎發生了什麼不得了的變化。

洛爾又觀察了一下周圍，沒有直接回答，只是輕聲說：「你們跟我來！」說完，率先轉身朝附近的樹林中走去。

石詠哲猶豫了一下，最終還是選擇了相信，對方眼中的關懷不像是作假。而且，對方是她所相信的人，他願意相信她的判斷。

出乎他的意料，洛爾居然帶他們到林中的某座樹屋旁。

大概是注意到了他的驚訝，洛爾解釋說：「這是我無意中發現的，大概是別人遺棄的，我看它還能用，就稍微整理了一下。」

就在這時，陸明睿突然問：「你為什麼會經常來這裡？」看這座樹屋，明顯是有人經常來往的痕跡。

洛爾愣了一下，隨即笑著說：「這附近就是我們撿到凡賽爾……不，陛下的地方，不只是我，爸爸媽媽和安迪也經常會來附近看一看。」

那一次相遇完全改變了他們一家人的生活，即使現在……也依舊有人在護佑著他們。

洛爾見其他兩人似乎沒有隨他爬上樹屋的意思，也沒有強求，只隨手收集了一些乾燥的枯葉鋪在地上。幾人坐下後，他開始訴說起現在的情形。

「假的魔王？」

「是的。」洛爾點頭，「他們說陛下是假冒者。」

當然，這件事他們一家人一點都不信，明明親眼看到她得到了魔神大人的認可，並且還得到了冠冕，怎麼可能是假的？

石詠哲皺起眉頭，情況比他想的還要糟糕。

就像洛爾所說的那樣，十來天前，魔神突然宣布「現任魔王」是冒牌貨，所以剝奪了她的王位。緊接著他選出了新的魔王——一位同樣有著深黑色髮絲的孩童，並且賜予其冠冕。

人民雖然對於這樣的變故有點無所適從，畢竟這樣的事情幾乎可以說是從未有之，但信仰讓他們理所當然的接受了一切，畢竟「神」是絕對不會犯錯的。

魔神大人既然說是假貨，那麼她就一定是假的。

之後，原本生意十分興隆的傑斯大叔家的餐館變得門可羅雀，所有人都知道他們與「假魔王」之間的關係，便不敢輕易靠近，甚至有人來找麻煩……

「但這些人全部被艾米亞大人派人趕走了。」

「艾米亞？」石詠哲愣住，「不是艾斯特？」

「……」

注意到對方面色不對的陸明睿問道：「怎麼了？發生什麼事了嗎？」

洛爾沉默片刻後，輕聲說：「艾斯特大人被抓起來了，罪名是『被前任魔王蠱惑，執迷不悟，對現任魔王無禮』，並且被剝奪了『守護者』的榮譽。」

「……」

「不過，聽說被抓時，艾斯特大人說——如果守護者不再是守護陛下的職階，那麼這種稱號不要也罷。」

陸明睿吹了聲口哨，「哇，艾老師還是那麼酷啊～」

石詠哲：「……」都酷到監獄裡去了好嗎！

「在那之後，克羅斯戴爾家的事務就由艾米亞大人管理了。」

「那麼其他人呢？」

洛爾搖了搖頭，「我也不太清楚。」但他緊接著又說：「如果你們需要的話，我可以幫忙帶信給艾米亞大人。」

「可以嗎？」

「嗯。」他點了點頭，「在那之後，餐館……我們暫時關掉了，然後艾米亞大人聘用了我們，很方便的。」

「這樣啊……」石詠哲低頭思考了片刻，「好，那就拜託你了。」他不確定艾米亞是否可以信任，但現在似乎也沒有更好的方法了。他是黑髮，小忘也是黑髮，陸明睿雖然看似是黃髮，但只要用魔法藥水就可以輕易的測出原形……等等！他緊接著問：「在剝奪王位後，那些人有沒有下令追捕小忘？」

「沒有，沒有這樣的命令。」

「這樣嗎……」一方面剝奪王位，另一方面卻沒有想控制住她。看來通道封閉果然與魔神有關係，所以才不需要抓捕小忘，因為他很清楚，她被關在了「那一邊」。

這樣的話，陸明睿應該是可以自由出沒在街頭的，不僅如此——

「能麻煩你幫我們弄一些染髮劑嗎？」將自己和小忘染髮應該是有用的方法。

「啊？嗯，可以！」

只能寄希望於那位魔神沒有注意到他們穿越時空時發出的魔法波動了，這樣就可以順利的隱藏在人群中。但如果注意到了，大規模的搜捕恐怕就會隨之展開，那麼與他們關係密切的克羅斯戴爾莊園，以及洛爾經常來的這個樹屋，恐怕都不是一個好的落腳點。

快速分析著訊息的石詠哲，與陸明睿對視了一眼，彼此在對方的眼中得到了某種了然的神色。毫無疑問，他們做出了類似的判斷。

★◎★◎★◎★◎

之後的情況似乎沒有朝最糟糕的方向發展，無論是魔神還是現任的魔王，都沒有下達抓捕「前任魔王」的命令，至少明面上沒有。

即便如此，從安全方面考慮，石詠哲依舊沒有帶莫忘住進與「守護者」相關的住所，轉而在位於王城郊區的一個小鎮暫時居住下來。

小鎮這裡距離王都並不算遠，且交通便利，有好幾條通往不同城市的道路，一旦遇到什麼特殊情況可以快速撤離——只要魔力充足，理論上逃回另一個世界也是可行的，當然，因為危險度太高，不到萬不得已他不會使用。

再加上他來時把那本可以傳輸訊息的筆記本放入小青梅的懷中，現在便可以透過筆記本隨時與艾米亞取得聯繫，獲取最新訊息。

但這件事，只有他能做。

因為小忘還在昏迷，而陸明睿那傢伙雖然在他釋放的魔法效果下可以暫時聽懂這裡人的語言——一次魔法的時限大約十天左右——但對於文字卻是一竅不通，因此目前正在努力學習中。當然，筆記本也是支援「中文輸入法」的，奈何艾米亞這傢伙對於中文是個半吊子，而通曉語言的艾斯特又被關進了大牢。

至於其他人……

格瑞斯據說已經倒戈到了新任魔王的陣營中；賽恩則聽說被他哥哥強行關了起來；瑪爾德更誇張，居然不知所蹤。

目前的狀況頗有幾分「大難臨頭各自飛」的態勢，雖然說沒有嚴重到極點，但也好不到哪裡去。

最重要的是——又是一天過去了，她還是沒有醒過來。

所以幾乎是才一安定下來，石詠哲就快速召喚出了聖獸，也許是因為那幾隻一直待在一起的緣故，竟然盡數出現在他的眼前。

才一看到「小夥伴」，白貓布拉德和白狗薩卡分別各抱住他一隻腿，哭得涕泗橫流，那叫一個淒慘。

石詠哲：「……」雖然略有點感動，但也挺無語，「我還沒死呢，你們……」

「我還以為再也見不到你了！」

「我也是！」

石詠哲：「……」他長長的嘆了口氣，蹲下身一手抱住一隻毛茸茸的動物，輕拍著，「好了、好了，這不又見到了嗎？」

布拉德哭：「太好了！見到你就意味著又能見到艾斯特大人了！他在哪？」左顧右盼。

石詠哲：「……」

薩卡慘嚎：「太好了！我還以為再也吃不到媽媽做的飯了，我還以為再也沒辦法跟著你到王宮蹭飯了！」默默擦口水。

石詠哲：「……」這兩個傢伙果然還是消失算了！！！

「噗！」站在一旁的陸明睿非常沒有同情心的噴笑出聲。

石詠哲：「……」

「哼哼，他居然在笑我們呢。」布拉德磨爪子。

「是啊，果然應該給他點教訓吧？」薩卡抓了把自己的捲毛。

於是——

「尤雅大哥，他就交給你了！」

「撞殺！」一聽有架可打，天生暴力的絨鳥激動了！

「咦？等等，冷靜一下……啊！」陸明睿連忙閃躲。

屋中瞬間變得熱鬧了起來。

「真是……」石詠哲扶額，嚴肅的氣氛瞬間蕩然無存了好嗎？

「真熱鬧啊。」老鼠尼茲站在桌上，扯了扯自己因為爬的動作而有些發皺的長袍，「這幾天牠們心情一直很差，布拉德還說，如果能再被你召喚，牠可以稍微喜歡你一點。」

「……敬謝不敏。」石詠哲望天，他才不想要一隻貓的喜歡……等一下！他困擾的拍了下自己的腦門，差點把正經事忘記了，「尼茲，你來看一下小忘。」

「魔王？這次的事情果然和她有關係？」白鼠推了一下眼鏡，隨即跳到石詠哲的手上，被其帶進了臥室。

莫忘靜靜的躺在床上，被染成紅色卻依舊顯得暗淡無比的長髮在枕上盡情鋪開，她雙眸緊閉，連睫毛都不曾顫動一下，唯有那平緩的呼吸與浮在臉頰上的些許紅暈證明她還「活」著，但也僅僅如此而已。

尼茲稍微檢查了一下，皺起眉頭，表情有點疑惑的說：「奇怪。」

「怎麼了？」

「她這個情況……」

「什麼？」

尼茲斟酌著說：「有點像魔力透支啊。」

「魔力透支？」

「嗯。」

因為之前尼茲和林朝鈞一起相處了不少時間，所以對於這個病症也不算陌生，眼下女孩的情況，和他何其相似。

「這到底是怎麼回事……」石詠哲也皺起眉頭，他真是越來越不明白了。不過，這不是重點，他問：「那應該怎麼做？」

「魔力會自我恢復。」尼茲肯定的說：「等透支的魔力補回來，她應該就能醒過來。」

「……」真有這麼簡單嗎？但他希望是這樣，因為那真的再好不過了。

就在此時，一陣強風襲過，捲起了臥室窗戶的窗簾，石詠哲別過頭朝窗外看了一眼，發現原本燦爛無比的日光不知何時已然溜走，巨大的烏雲以籠罩一切的氣勢席捲了天空，彷彿在預兆著一場不小的秋雨即將來臨。

枯黃的樹葉在枝頭瑟瑟顫抖，以那已走到盡頭的微弱生命力抵抗著墜落的命運，但很快就被打敗，狼狽的掉在地上，再過不久，它將被暴烈的雨打濕，深深的陷入潮濕而骯髒的泥土中，直至腐化。

不知為何，石詠哲的心頭驀然湧起了一種不太好的預感，好像有一輛行駛在山道上的車輛已然徹底失控，不受人力控制，被命運指引著朝最糟糕的方向駛去，直至跌落谷底。

「你不關窗戶嗎？」

尼茲的話打斷了石詠哲的沉思，他下意識反問：「嗯？」隨即反應過來，「啊，是啊，不然小忘會著涼的。」說完，他走到窗邊一把將其關上，又走回床邊，伸出手小心翼翼的將被子攏好。

——一定要儘快好起來啊。

——什麼亂七八糟的預感都是假的！

——妳一定會好起來的。

——一定！

又過了一會兒，陸明睿抱著頭跑進臥室——他們住進了這個鎮子的旅館，因為處於交通樞紐的緣故，這裡人來人往的，而他們的髮色也不「特殊」，故而並沒有引起什麼懷疑。因為來時一般房已全部住滿，所以他們順理成章的住進了「中等房」，與打開門就一覽無遺的普通房不同，這間中等房裡隔開了客廳和臥室。

至於錢……

石詠哲很慶幸自己曾因為好奇而收集了幾塊魔界的貨幣，數量不多，金幣、銀幣、銅幣每樣五個，但光銀幣就足夠支付一段時間的住宿費和伙食費了。至於金幣，他暫時沒打算使用，太值錢、太惹眼也太燙手了，一不小心就會帶來麻煩。

「哎哎！」陸明睿一邊理平不斷搖晃著的布巾，揉了揉腦袋，略困擾的說：「你的寵物還真是暴力。」但挺識趣的，看他一到達這邊就主動放棄了攻擊。

陸明睿走到床邊，低頭仔細的看了一眼女孩，開口說：「學妹的臉色好像又好了點。」

石詠哲連忙仔細觀察，而後不確定的說：「好像是這樣沒錯。」

「再這樣下去，說不定過一會兒就能醒過來了呢。」

「……嗯，希望能如此。」石詠哲輕輕點頭。

「對了，外面要下雨了。」

「嗯，窗戶已經關上了。」

「我不是這個意思。」陸明睿奇怪的看了對方一眼，而後說：「我的意思是，如果你再不趁現在去買午飯，待會就要淋雨去了。」

「……」石詠哲有些困擾的拍了拍腦袋，他到底是怎麼了，因為擔心過度導致腦袋不會運轉了嗎？

他輕咳了聲，點了點頭，「我馬上就去。」

本來旅館自身是有賣食物的，可惜廚師家裡出了急事，請假回家了，所以他只能親自去買飯，誰讓陸明睿這傢伙完全沒常識讓他很不放心呢？當然，讓侍者代勞也是可以的，只是想必要付出一定數量的小費。雖然他目前還不缺錢，但還是節省點比較好。

說完，他穿上有兜帽的褐色披風，轉身走了出去。

這樣的衣服對「旅者」來說是很正常的裝備，所以他穿上並不突兀，更為重要的是，如果路途中真的下起了雨，那麼至少可以暫時用帽子遮擋住頭髮——他對於這個世界的染髮劑不抱完全信任的態度。

★◎★◎★◎★◎

當臥室裡只剩餘兩人時，陸明睿一屁股坐到了床邊的凳上，低頭注視了女孩片刻，突然伸出手，戳了戳她的臉頰。

又戳了戳。

第三次戳了戳。

回應他的……是沒有回應。

他嘆了口氣，耷拉下肩頭，彎下腰，手肘撐在膝蓋上，單手托腮道：「真無趣啊。」

雖說如此，他的另一隻手依舊在點著女孩的雙頰，「都不反抗的學妹一點都不好玩。」說著說著，他突然自己笑出聲來，「噗噗，如果妳醒了的話，一定會吼著說『我又不是自己願意不反抗的』，一定會這樣說的吧？」

接著，他手指滑下，點了點女孩的嘴角，「妳現在這樣，即使被占便宜也完全沒辦法反抗哦，我想摸就摸，想親就親，像這樣也沒關係嗎？」

回應他的……依舊是沒有回應。

但是陸明睿卻擺出一副恍然大悟的表情，「對哦，有便宜不占的是傻子，我怎麼忘記了呢？」說完，他索性整個人跟癩皮狗似的趴到了床上，湊近枕頭，「喂，妳醒不醒？再不醒我就要非禮妳了哦。」

他耐心的等待了幾秒後，開始掐手指頭，「再給妳最後十秒鐘，我倒數了哦。」

「十。」

……

「五。」

……

「三、二……一！」

「真可惜。」陸明睿一臉「惋惜」的搖頭，「妳沒有抓住最後的機會啊。」說完，他挺直背脊，湊近……再近……直到……

鼻尖頂著鼻尖，呼吸幾近可聞。

他輕笑了一聲，「那麼，我開動了～」=3=

「啪——」

陸明睿：「……！」OIIIO

一聲清脆的巴掌響後，兩人面面相覷。

眾所周知，眼對眼互盯是件很累的事情，於是沒多久，有人就「認輸」了。

陸明睿眨巴眨巴雙眼，笑了，「學妹，妳醒了啊？」

臉色發紅又發青的莫忘默默咬牙，「不醒等著被你占便宜嗎？」因為睡了很久的緣故，她的嗓音聽起來乾澀極了。

所以陪床的傢伙很快跳起身去端了杯水，接著幫渾身無力四肢發軟卻還掙扎著爬起的莫忘坐起身來，再遞上水杯，甚至用雙手護在杯子下防止它墜落潑灑。

在這樣周到的服務下，莫忘覺得自己再發脾氣簡直像無理取鬧，一口氣憋在心口吐不出來、嚥不下去，別提多難受了。

「咳，如果妳實在懷恨在心的話，我可以讓妳打一下。」

「……」莫忘忍了又忍，終於沒忍住把喝乾了的水杯砸他懷裡了，「別說得好像是我的錯好嗎？！」說到底她完完全全是受害者吧？這傢伙就算被揍也純屬活該！

「哎哎……」某人哼唧著長嘆了口氣。

「你那一臉被冤枉的表情是怎麼回事啊？！」少裝蒜了！

陸明睿雙手抱臂，一臉深沉的搖頭說：「我為了讓妳醒過來，大膽假設『睡美人的故事是真實的』，再奉獻出自己鮮嫩可口的肉體小心求證，最終獲得了決定性的勝利，奈何……」

莫忘：「……」這傢伙顛倒黑白的技能點滿了嗎？她捏緊手中的被子，磨牙說：「那還真是謝、謝、你啊！」

「不客氣。」笑。

「……」比無恥，她真是永遠的輸家。問題是，雖然不知道這傢伙到底為啥做出剛才那麼惡劣的舉動，也許是真的為了刺激她醒？也許是……？？？

總之，對方能到達這個陌生的世界幫助自己，她真的很感激，揍人什麼的做不到呀！

莫忘嘆了口氣，默默轉換話題：「阿哲呢？」

「唔？」陸明睿意味深長的摸了摸下巴，「為什麼這麼問？」

「哈？」

「妳才剛醒過來而已，為什麼一點都不懷疑自己現在所處的地方到底是哪裡？為什麼那麼肯定石學弟也在呢？」

「……」

「不過，從剛才的事情就可以看出，妳雖然看似昏迷，其實是有意識——或者說是可以感知到周邊事物的吧？」

莫忘愣了一下，而後點了點頭，「嗯，是這樣沒錯。」

「那麼，我有一個疑惑。」

「什麼？」

「妳究竟是從什麼時候起開始有意識了？還是說……」陸明睿的笑意加深，「從一開始就……」如果真的是這樣，那麼石學弟的運氣到底算好還是差呢？

「我……」

「小忘？！」

站立在門口的石詠哲依舊穿著披風，兜帽依然戴起，上面有點濕，可見外面的秋雨已然落下。

他有點呆愣的注視著看起來頗有活力的小青梅，恍惚之間覺得自己可能是在做夢，懷中抱著的紙袋微微滑落，裡面烤得金黃的麵包眼看著就要落在地上。

好在陸明睿及時衝上去，一把將紙袋接住，順帶用嘴巴叼住裡頭的其中一塊，「擦電酒狼喂了……」咀嚼。

莫忘黑線，這傢伙是在說「差點就浪費了」嗎？

同樣也被囧了一下的石詠哲索性將紙袋塞入對方手中，大步走到了床邊，俯下身欣喜的問：「小忘，妳沒事了？」

「嗯！」雖然身體還是很無力，但莫忘還是非常肯定的點了一下頭，他已經為自己擔心的太多了。

「太好了……」大概是因為這幾天精神繃得太緊的緣故，徹底鬆了口氣的石詠哲居然一下子就坐到了地上，但他也懶得在意，只是直接扯下披風的繫帶，將其一把拋落在地上，而後發自內心的笑了起來，「我就知道，笨蛋是不會生病的。」
原本也笑著的莫忘瞬間黑了臉，這傢伙就不能讓她多感動一會兒嗎？！
「我是笨蛋還真是對、不、起啊！」
「沒關係，我習慣了。」
莫忘：「……」如果不是身上沒力氣的話，真想暴走啊！
「好了、好了，別生氣，我開玩笑而已。」好不容易才醒來，他可不想把小青梅再次氣暈過去。
石詠哲從衣服的口袋裡摸出一只皮囊，緊接著站起身，從一旁的桌上拿起一個木杯，將囊裡的液體倒了進去，「妳才剛醒，先喝點這個吧。」
莫忘接過杯子，仔細看了一眼，「牛奶？」
「嗯，還是熱的。」
「可是我餓，我比較想吃麵包。」剛烤出來的麵包聞起來有股說不出的誘人甜香味，讓人忍不住饞蟲大動。
「不行。」
「一塊也成！」
「……別任性了。」石詠哲擺出一張凶巴巴的臉孔，「再這樣我就只給妳喝水了啊。」
「……」惡霸！
就在此時，莫忘發現陸學長正對自己眨眼，她一看，發現這傢伙正慢條斯理的又拿起一塊軟乎乎、熱騰騰的麵包，咬住，嚼！

莫忘：「……」都是壞人！這兩個傢伙都是壞人啊喂！QAQ

但肚子實在是餓，所以她還是乖乖抱著木杯小口小口的喝了起來。

牛奶是農戶家自己擠出來然後加熱而成的，沒啥甜味，卻也沒有脫掉其中的「脂」，稍微凝固下來就會在奶面上結出一層奶皮，喝起來味道並不算好，卻有充足的營養。

見她能正常用餐，且沒啥不良反應，石詠哲鬆了口氣，接過陸明睿丟過來的一塊麵包，一邊吃一邊說：「我和妳說說現在的情況吧。」

緊接著，兩位少年相互補充著目前的情況。

他們一說完，莫忘也剛好喝完牛奶，她無奈的放下杯子，「幸好我沒吃麵包。」否則那是被噎死的節奏啊！

這麼短的時間內，居然發生了那麼多的事情？

太奇怪了。

「學妹，妳有沒有什麼線索？」

「線索？」

「比如能大致猜到是誰做的之類……」

莫忘沉吟了片刻，突然說：「會不會是之前蠱惑艾米亞的那些人？」

「有可能。」石詠哲點了點頭，可同時他又提出了新的疑問：「但如果他們真的有這麼強大，第一次為什麼要採取那種迂迴的方式呢？直接像現在這樣做不可以嗎？」

「……」

「而且，現在的妳比那時要強得多不是嗎？」

「是這樣沒錯。」莫忘贊同的點點頭，「而且那時魔神似乎陷入了虛弱，但現在……不可能第二次中招吧？那些人到底是如何做到的？況且他們的目的不是讓魔王消失嗎？為什麼又會出現新任魔王？」太混亂了，完全不明白是怎麼一回事。

「我說——」陸明睿突然舉手，「學妹，我覺得有點奇怪。」

「嗯？什麼？」

「妳為什麼不懷疑那位魔神呢？」他掰手指頭數著：「一，他有力量做這件事；二，他給予了新任魔王冠冕；三……還需要有三嗎？」

「因為他對我沒有惡意！」莫忘下意識的反駁。

石詠哲：「……」

陸明睿：「……」

兩位少年對視了一眼，前者終於疑惑的問出了口：「妳為什麼這麼肯定？」

「直覺！」

「……喂！妳還敢更不負責任一點嗎？」

「可是……」莫忘困擾的抱頭，「我真的感覺不到他對我有惡意啊！該怎麼說呢？總覺得待在他身邊很舒服很安穩，就像和他認識了很久很久一樣。再說，他若真的想傷害我，單獨相處的時候直接把我幹掉就好了啊！而且……」

「而且？」

她猶豫了一下，還是把自己昏迷前發生的事情說了出來。

「他的畫像在妳家裡？」

「確定不只是類似的圖嗎？」

「嗯。」莫忘點了點頭，「我很肯定，雖然畫得很醜，但外貌和他一模一樣，而且……旁邊還寫著『魔神』兩個字，不可能巧合到這個地步吧？但問題是……」她緊皺起眉頭，一思考這個問題就覺得腦袋生疼生疼，「我真的不記得自己有見過他。」

「一點都不記得？」

「嗯。」莫忘轉頭看向小竹馬，「阿哲，我們從小一起長大，按理來說，我見過的人你也應該見過，你見過他嗎？」

石詠哲：「……」扶額，「我從頭到尾就沒見過他。」

「所以……」

「我的意思是，即使在這個世界，見過他的人應該也只有少數幾個吧？」像他這種「魔王的宿敵」怎麼可能見到庇佑著魔族的神？

「啊！」莫忘這才想起自己似乎一不小心忽視了這點，除了她之外，似乎的確沒什麼人見過魔神呢，她連忙伸出手，「有紙筆嗎？」

臥室裡自然沒有。但有人賣，他們也有錢，所以手邊很快就有了。

莫忘趴在被特意移到床邊的桌子上，一手按著紙張，另一手拿著羽毛筆，一點點認真的描繪著，像是要把記憶中的形象毫無差池的銘刻在上面。
約一個小時後，小手一拍桌子，「搞定！」
兩位少年一左一右同時湊過頭來看，下一秒，同時吐血。
「這是什麼啊喂！」
「學妹……妳是抽象派的嗎？真是失敬。」
莫忘：「……明明很寫實好嗎？！」
石詠哲整個人都不好了，他顫抖著手指著桌上那一幅奇怪的東西，「妳不是說畫人？怎麼畫出了一團霧霾？」
「……那是他的袍子好嗎？看清楚，渾身上下都是黑色的袍子！」
「這一團張牙舞爪的鬼呢？」
「……那是他的頭髮！飄起來的頭髮！風一吹就是這樣的！」
「……上面的煙囪呢？」
「那是嘴巴嗎？你看！」
石詠哲再次嘔血：「那不是隱約露出的屋頂嗎？」
莫忘：「……」掀桌，「你到底是對我的畫有多不滿啊？！」
石詠哲默默把桌子扶好，「拜託，別侮辱『畫』這個詞了，妳這最多只是塗鴉吧……」
「！！！」
眼看著兩個人又要鬥毆成一團，陸明睿猛咳了聲，責備起石詠哲：「石學弟，這就是你的不對了。」

「哈？」

「你可以委婉的說『這個畫風我欣賞不來』啊，怎麼可以說實話。」

石詠哲：「……」

莫忘：「……」摔筆，「我要咬死你們！」TAT

悲慘的魔王陛下被剝奪了「成為畫家的可能性」後，只能鼓著臉，坐在床上用言語敘述起魔神的長相。

聽著聽著，石詠哲的表情漸漸變得奇怪了起來。

不知何時，臥室裡寂靜了下來，毫無疑問，兩人都注意到了這一點。

又過了片刻後，石詠哲疑惑的聲音響起：「聽起來有點耳熟啊。」

「哎？真的嗎？」莫忘一臉期待的看著他，「你在哪裡見過他？」如果阿哲的記憶力也有魔神，那麼說不定他們還真的是舊識。

石詠哲皺起眉頭思考了很久，最終還是搖了搖頭，「抱歉，我記不起來了。」

「……沒事。」莫忘笑了笑，「我自己也不記得不是嗎？」所以也沒啥資格責備別人。

「只是，如果我真的和這樣一個外貌奇特的人交流過，肯定會記得，但我印象中卻完全沒有這回事。」但是他又有印象，「也許我是透過其他方式見過他。」

「嗯？」

「我再仔細回想一下。」

莫忘點了點頭，為自己打氣道：「好，我也會努力的！」不過，「我很擔心艾斯特。」守護者中只有他被關了起來，而且罪行還是「對魔王無禮」，不知道會不會遭受到什麼可怕的虐待，「我想救他。」

「別擔心，陛下，他的情況並沒有您想像的那麼糟糕。」

就在此時，一道聲音突然響起。

「……誰？」

第四章

魔王的退休生活即將開始

臥室中沒有任何人存在的痕跡。但莫忘並不害怕，因為在下意識反問後，她已經聽出了這聲音是屬於誰的。

「瑪爾德？是你嗎？」

「是的，陛下。」

這一次，聲音更近，彷彿近在身邊。

莫忘好奇的伸出手去，果然好像觸碰到了什麼東西——布料？她將其抓住再輕輕那麼一扯，一個熟悉的身形瞬間出現在她的眼前。

莫忘看一眼手中的青色披風，又看了看一身武者打扮的瑪爾德，有些驚訝的說：「隱、隱身衣？」媽媽！哈利●特居然不是騙人的！

「不，陛下，這只是普通的披風而已。」

可惜，青年的話殘忍的打碎了某人又活泛起來的想像。

莫忘：「……」還她童年來！不過，「那剛才……是你使用的魔法？」

「是的。」

「哦哦。」莫忘點了點頭，隨即又問：「你怎麼會在這裡？怎麼會做這身打扮？你們都還好吧？艾斯特他……（以下省略兩百字）失蹤是怎麼一回事？」

連續問完一大堆問題後，她自己先囧了，輕咳了聲，「來，你坐下，慢慢說。」扭頭看向另外兩人，「阿哲、學長，你們也坐。」

一聽有「八卦」，原本待在客廳的動物們也紛紛跑了進來，跳床的跳床、爬桌的爬桌、撲地的撲地，尤雅則乾脆落到了自家小夥伴的腦袋上，左啄啄右扒扒，將勇者大人的頭做成了一個簡易的鳥窩。

緊接著，瑪爾德說了關於現在的狀況。

「雖然魔神大人選出了新的王，但似乎並沒有要為難我們的意思。」瑪爾德手中捧著裝滿了熱水的木杯，也不喝，只是用手指輕輕撫摸著杯沿，輕聲說：「只是，身為守護者，我們的地位變得相當尷尬。」

「尷尬？」

「是的。」瑪爾德實話實說的時候總是不委婉，他很直接的說：「所謂守護者，原本就是被魔神大人選中、守護魔王陛下的精英。有此志向的人未必會被選中，而被選中者也未必一定會應諾下來。可以說，從我們成為『守護者』的那一刻起，就注定要終生守衛在陛下的身邊。但是……」

「我卻被說是假的魔王？」莫忘很瞭解對方接下來要說的話，「與此同時，『真正的魔王陛下』出現了。」

「是的。」瑪爾德點頭間，淺青色的長髮滑過白皙的耳郭散落，「所以，我們也順理成章的變成了『真魔王陛下』的守護者。畢竟連『神』都被『欺騙』了，我們上當也是無可奈何的事情。」

他的話語中有淡淡的嘲諷意味，似乎對大部分人所信仰的「神祇」有點不屑一顧。

假貨嗎？莫忘抿了抿脣角，「其實，我就算不做魔王也沒關係的。」雖然這樣能使她的身體好轉，但最初她就思考過「不會弄錯嗎？」，感覺好像得到了什麼不該得到的東西，所以現在就算被收回也不會覺得……

不，遺憾肯定是有的，但也在可以接受的範圍內，不過前提是「如果新任魔王能夠做得比我更好」。她從不認為自己是個合格的王，沒辦法全心全意投入這個國家，反而要在兩邊來回跑，還麻煩艾斯特他們替自己承擔各種各樣的工作。

一定很辛苦吧？做著那些繁重的工作。

而她雖然在一點點的學習，但其實對這個世界還是很陌生，或許有一天會發布出什麼傷害到人們的糊塗命令也說不定。

如果新任的、原本就屬於這個世界的王能夠做得更好，那麼……

「陛下，恕我直言，您這種說法既天真又相當不負責任。」

「……」

「我理解您心中的那份無私，但同時，如果王位在您心中只是隨便就可以讓出的東西，那麼原因只有一個——這個國家在您心中不值一提。」

莫忘用力搖頭，「我不是這樣想的。」

「若不是這樣想，您怎麼可以那麼輕易的就將其交到他人手中呢？」瑪爾德微瞇起眼，語氣犀利的說：「也許您覺得自己並非合格的魔王，但您憑什麼肯定別人會比您更好呢？」

「……」

「如果有一天，您發現自己的結論是錯誤的，又打算怎麼做呢？」瑪爾德的話語直指人心，「或者說，該怎麼做，您才能挽回民眾因此而生的損失？這一切難道不是您的過錯嗎？您真的可以問心無愧的將它們承擔起來嗎？」

「……對不起，我太天真了。」她把一切想得太簡單了。

「更重要的是——」瑪爾德微微嘆了口氣，「陛下，您為什麼要這樣不自信呢？也許別人不清楚，但是您自己真的分辨不出來『我到底是不是真正的魔王陛下』嗎？」停頓了片刻後，他又說：「我認為您已經有了自己的答案，也許別人會自欺欺人，但您絕不會這樣做。陛下，請告訴我答案。我最初就不是單純因為您而成為守護者，所以無論答案是什麼，都可以坦然接受。」

青年的聲音如清溪般悅耳，但此刻，這溪水流速極快，擊打在中途的亂石上，濺起一陣陣類似於亂玉的迴響。在這樣的聲音中，莫忘緩緩捏緊被褥。最終，她合上眼眸。

再次重新睜開時，她輕輕的點了點頭，「你說的沒錯，欺騙自己是沒有意義的。」或許最初的確懷有「也許是弄錯了」的想法，雖然也曾向魔神提出疑問，但其實從來到這個世界的第一天起，她的內心就已經認定了——沒有錯。

她記得這個世界。雖然她從未來過這個世界，但卻詭異的覺得這裡很親切，就彷彿曾經在這裡住過很久很久一樣。

她喜歡這個世界。

雖然比起出生成長的那個世界還要差一點點，但這份「喜歡」絕不是虛偽的。

「我們也是這麼認為的。」瑪爾德露出一個漂亮的微笑，「您是王，這一點毋庸置疑。

而我們，只為守護您而存在。」

「瑪爾德……」

「陛下，這不僅是忠誠，還是驕傲。」瑪爾德微揚起下巴，純色的眼眸中罕見的露出了濃厚的驕傲，「我們的驕傲不允許自己臣服於偽王。」

「偽王？」

「如果您是真的，那麼他必然是假的。」

「可是魔神……」

「那必然是魔神大人自身出了問題。」

莫忘：「……」沉默了片刻後，她扶額嘆氣，「你驕傲起來還真是嚇人。」

「因為我很少犯錯，尤其在這種重大的事情上，我更加不會犯錯。」瑪爾德露出一個微笑，「所以陛下，請不要隨波逐流，請不要讓虛假的陰雲籠罩在人民的頭頂，請告訴民眾，您才是真正的王。對於魔界的居民來說，魔王是國家的象徵，代表著人民內心的祈願。真實未必美好，虛假必定招致毀滅。所以，陛下，請給予所有人『真實』，就算失敗也沒關係，無論何時何地，我們都一定會追隨在您左右。」

「說得好！」

又一道聲音傳來。

臥室裡的人們一扭頭，發現某個同樣穿著褐色披風的金髮少年正「吭哧吭哧」的試圖從外面把窗戶打開。

所有人頓時滿頭黑線。

石詠哲走上去一把將窗戶拉開，賽恩敏捷的跳了進來，舉手高呼一聲：「小小姐陛下，我一定會跟隨您的！」

莫忘：「……」扶額，「你什麼時候來的？」

「有一會兒了，不過前輩說得太好了，我怎麼都不忍心打擾。」說著，他撓著後腦杓露出燦爛的笑顏，雖然外面還是陰雨綿綿，臥室裡卻彷彿雨散日出。說完，他不知從哪裡摸出了自己的重劍，大力揮舞了幾下，四周瞬間捲起了狂風，「我已經迫不及待了！」

莫忘：「……」他們是要去砍人的黑社會嗎？但話題說到這裡，她很順暢的就問：「格瑞斯怎麼樣？他沒事吧？」即使聽說他「叛變」的消息，她心中對他也沒有絲毫懷疑。事實上，在她的心目中，格瑞斯目前的危險程度僅次於艾斯特。

「格瑞斯前輩沒事的。」賽恩笑，「他因為家族的原因不得不在表面上站在中立立場，不過據說他每天都有努力思考如何刺殺偽王呢。」

莫忘：「……」喂喂，用這種喜聞樂見的語氣說出這種可怕的話語真的沒關係嗎？

「這很難。」瑪爾德輕聲說，「對方對我們這一批人防備很深。」

「但我們是守護者。」

「是啊……」

「所以說，你們說的那個神到底是怎麼想的？」就在此時，陸明睿突然開口。他安靜的聽了很久，卻是越聽越疑惑，「剝奪學妹的王位，說她是偽王……」

「不。」瑪爾德打斷了他的話，「準確來說，魔神大人只是選擇出了新的王而已，其他的消息，都是偽王身邊的人散播出來的。」

「那就更加奇怪了。」石詠哲接著說道：「選擇出了新的王，卻沒有說小忘是偽王，更沒有更換守護者，這也是他們無法對你們真正下手的原因吧？」畢竟他們的身後站著一位強大的神祇，沒有十足的把握沒人敢與之硬抗——除了直接表達不滿的艾斯特。

「這麼看來，他的確對小忘沒有什麼惡意。」但說到這裡，問題又繞回來了，石詠哲問道：「既然如此，他又為什麼要選出新的王呢？」

賽恩攤手，「這也是我們覺得奇怪的地方。」

「那麼……」莫忘突然開口說出了這樣的話：「直接去問他怎麼樣？」

「……」

莫忘認真的說：「這裡是他控制的世界，就算逃避也不會有多少勝算。既然如此，直接去問他吧。」如果對方想要殺死她，早就那麼做了；如果對方想要殺死艾斯特他們，也早就那麼做了。所以，去見他是沒有危險的。

「無論是尖刃之叢，還是烈火之海，都必定追隨在您身邊。」

兩位守護者單膝跪下，恭謹領受了魔王陛下的命令。

「不過，在那之前，要先把艾斯特救出來。」

「小小姐陛下，您不用擔心。」賽恩再次笑了出來，「我們想要見魔神，就一定要先去

見艾斯特前輩的！」

「……什麼意思？」

瑪爾德解釋說：「偽王雖然有冠冕，卻沒有經過加冕儀式，似乎是魔神隨手給他的。為了服眾，他打算在神廟公開舉行儀式，以『名正言順』。當然，為了防止您翻盤，他及他的手下一直將神廟團團圍住，格瑞斯雖然得以用『守護者』的身分跟隨在他身邊，卻也沒有辦法進入，除了明天，那是個特殊場合。」

「但即便如此，格瑞斯也沒辦法把我們帶進去吧？」

「是的。」賽恩點頭，「這就要靠艾斯特前輩了。」

「艾斯特？」

「嗯嗯，我哥哥是國家圖書館的館長，他曾經在一本書中讀到過，當年建造神廟時，其實是留有地道的。」傳聞中「被哥哥囚禁」的金髮少年賽恩滿臉自豪的說著，毫無疑問，他和艾米亞是同一個屬性，「而地道出口的所在地，幾次變遷，最後被建造成囚禁重大罪犯的監獄。為了探查它的所在，艾斯特前輩才以身犯險，到時格瑞斯前輩再於裡面照應，有很大的把握可以將我們帶進去。」

所謂「守護者」，想要下大牢也是很困難的，只要所犯的不是大罪，幾乎不會得到什麼嚴厲的懲罰，誰讓他們是特權所有者呢？而艾斯特為了被關入重犯監獄，只能拋棄「守護者」這個束縛。

雖然看在艾米亞和克羅斯戴爾家族的面子上，他罪不至死，但也絕不可能毫髮無傷，畢竟他頭頂的是「冒犯魔王」的罪名，受刑幾乎是必然發生的事情。

一想到這一點，在場所有人的面色都不太好。白貓布拉德更是直接抱著薩卡的脖子哭了出來：「我的艾斯特大人！嗚嗚嗚……」

石詠哲嘆了口氣，蹲下身將牠抱起，揉揉頭，「我們一定會完整無缺的把他帶回來。」不僅是對牠說，也是對她說。

短暫的沉默後，莫忘突然朝其他人伸出手說：「我餓了，給我麵包。」

所有人幾乎同時一愣。

距離桌子最近的陸明睿直接將一根麵包丟了過去，莫忘接過後，大口大口的啃了起來，用力的嚥下去。

雖然醒了過來，但渾身還是沒有力氣，她必須要積攢力氣才行。如果當時她在這裡，哪怕是下命令，也必然會阻止艾斯特做出那樣的選擇。但如今說這些也太遲了，如果他所流的血汗是為了替她鋪路，那麼她就必須坦然的踩上去，踏著那滿是血跡的道路一直走到底。

除此之外，多餘的思緒不要想，多餘的事情不要做，不可以害怕，不可以哭泣，不可以退縮。因為她現在唯一所能做的，就是不要讓他的犧牲白費，僅此而已。

★◎★◎★◎★◎

「新任魔王」的祭典選在了傍晚時分，這個時刻在莫忘的世界有個非常好聽同時又很不祥的稱呼——逢魔時刻。在魔界，似乎也是魔神的力量最為強盛的時候。

神廟附近就如瑪爾德和賽恩所說的那樣，被圍得水洩不通，與此同時，重犯監獄的防禦真可以說是小兒科了。

能被關入重犯監獄的犯人幾乎都是魔力強大的重刑犯，看守自然也比其他監牢要強大不少，但這並不意味著其中有什麼強者。一來，真正的強者壓根不會來當看守；二來，所有的犯人在被囚禁時，全部都戴上了可以封禁魔力的手銬與腳鐐，更有甚者連脖子上也戴上了禁魔圈——如此一來，他們甚至比普通人還要弱小，很便於看管；三來，這些犯人與普通犯人不同，幾乎沒有什麼放風的時間，簡單來說就是關到死的節奏。

所以某種意義上說，管理他們比管理普通犯人還要省力。

所以，莫忘等一行人幾乎沒費多少功夫就潛入了其中。兩位守護者、四隻聖獸，再加上魔王陛下與勇者大人，以及某武力值也不算弱的小跟班（陸明睿：……），洗劫個監獄還是妥妥的。

當然，在某些人的意思下，監獄的防禦其實還是加強了的——因為考慮到也許有人會來救走艾斯特。可是這樣一來，就意味著艾斯特必然會失去原本擁有的一切，失去行走在光明下的權利，成為見不得光的通緝犯。

這對於某些人來說是個不錯的結果，但對於某些人來說卻更糟糕，因為可能多出一個隱藏在暗地裡的敵人。於是，在兩方權衡之下，重犯監獄就變成了現在的狀況。

當然，在它被擊破的現在，這些所謂的「思考」已經不存在任何現實意義了。

而莫忘在看到艾斯特的那一瞬間，淚水就刷的一下從眼眶中湧了出來，但她很快的將淚水抹去，現在不是做這件事的時候，她也不想讓自己顯得太軟弱，那樣實在是太差勁了。

「艾斯特前輩。」賽恩連忙衝上去，將正在受刑的艾斯特從十字造型的鐵架上放下來，他身上穿的白色囚服滿是鞭痕，已經完全被血浸透了，「太過分了！」

金髮少年一咬牙，一腳狠狠的踩在被打倒在地的看守身上，只聽得卡嚓一聲，對方的胸前瞬間凹下去一塊。緊接著，他快速的扯去艾斯特身上的禁魔圈、手銬以及腳鐐，將他扶到一旁的凳上坐好，回頭焦急的喊：「瑪爾德前輩，你快來看看！」

莫忘默默的抑制著衝上去的欲望，因為她很清楚，這種時候真正能幫助到艾斯特的並不是她。

「賽恩，不用緊張，我受的只是些輕傷。」

「可是……」

「好了，讓我看看。」一身武者打扮的瑪爾德快速走了過去，仔細的檢查一番後，挑起眉頭，「你運氣還不錯，沒徹底玩完。」去那個世界住了一段時間後，瑪爾德也從電視上學會了不少「時尚用語」。他回過頭對擔心不已的人們宣布：「沒事，只是皮肉傷，看似流了很多血，其實並不嚴重。」

四周瞬間傳來一片鬆了口氣的聲音。

「這、些、混、蛋！」賽恩咬牙，又狠狠的對著腳邊的某堆東西踹了一腳。

「好了，賽恩，他們之前對我並不算差，今天是第一次對我上刑。」艾斯特阻止幾乎暴走的賽恩，「應該是有人授意。」

瑪爾德點了點頭，「正常。」

不知何時衝上去抱住青年小腿一陣猛嚎的貓咪抽了抽鼻子，慘兮兮的說：「雖然聽不太懂，但似乎很厲害的樣子。」

石詠哲扶額：「……」親，別再丟他的臉了好嗎？

陸明睿笑：「因為對方覺得一切可以塵埃落定了吧？」

加冕儀式之前，「前任魔王」似乎隨時有翻盤的可能，所以暫時沒人敢動艾斯特，但在今天，大概是因為覺得一切已經萬無一失，於是終於有人忍不住了。

「你該慶幸對方從最輕的刑罰開始。」瑪爾德瞥一眼掛了滿牆的刑具，「否則就算是我也救不了你。」話語固然驕傲，卻是源於他的自信。

「我的運氣一直不錯。」

「還有心情開玩笑，看來的確是很好。」

一應一答之間，瑪爾德快速對艾斯特的傷口做了基本處理——雖然可以做到治癒，但那會耗費大量的時間和魔力，現在的情況很明顯是不容許他這樣做的——又裹好紗布後，他不知從哪裡摸出了一套衣服，甩到了赤裸著上身的青年懷中，「換一下。」

隨即，所有人識趣的走出牢房。戀戀不捨的白貓也被牠的小夥伴提著脖子拎了出去。

片刻後，快速換好衣服的艾斯特走了出來，「事不宜遲，我們走吧。」

入口已經找到了？

沒人問出這句話，因為這是句廢話。也不知是否運氣使然，入口居然就在艾斯特被囚禁的監牢下方！得知這個消息，幾人紛紛無語，「瞌睡送枕頭」說的大概就是這麼一回事吧？

快速的撬開地磚後，眾人一個接一個的跳了下去，莫忘與艾斯特都被安排在中間，前者是因為其重要性，後者則是「被逼」，誰讓他目前是傷患呢？

然而，當布拉德和薩卡跳下去後，居然沒再傳來任何回音，明明之前打頭陣的賽恩和緊接著跳下去的陸明睿都大聲說「安全」來著。

石詠哲微皺起眉，「難道是陷阱？」

「如果是的話，也不應該什麼聲音都沒有啊。」

就在此時，白鼠尼茲突然開口：「應該不是。」

幾乎所有在場的人都知道牠的「博學多才」，於是連忙追問。

「我曾經在一本書中看過有關於這條地道的描述，事實上，它並不是從神廟延伸到外，而是恰恰相反，從外地延伸到神廟中。」尼茲用小巧的腳爪踩了踩地面，接著說：「據說，這裡原本住著一位祭司，當時這個國家正處於戰爭時期，他之所以建造這條地道，就是為了在危險時能直接透過地道逃往神廟中避難，因為那裡有魔神的庇佑。」

「居然是這樣嗎？」

「嗯。」尼茲點頭，繼續說：「而他建造後，曾經無意中和人誇口說『即使有人追來也沒關係』，當時有人懷疑他在地道中設置了許多機關，但被他否認了。我想，他應該是在入口處設置了一種限制人數的魔法。」

「限制人數？」

「嗯，當進入者超過一定數量，地道會自動將其分開。那位祭司也是魔力強大的人，對付小數量的敵人完全不在話下。」

「居然還有這樣的魔法……」

雖然有點懷疑尼茲的說法，但事情到了這一步，退縮無疑是不可能的。緊接著，瑪爾德跳了進去，過了一會兒工夫，他依舊傳來了「安全」的信號，但當石詠哲帶著兩隻小夥伴跳下去後，兩人兩獸又同時消失了。

被留在最後的莫忘與艾斯特跳下去後，地面居然陷落了下去！

好在夢魔石那一次讓莫忘積攢了經驗，她快速的穩住身形，並於漆黑中一把抓住了身旁的人。幾乎是同時，對方也伸出手來扶持著她的身體。

「轟隆！」幾聲巨響後，周圍似乎又恢復了安定。

莫忘鬆開手，安靜的等待了幾秒後，注意到眼前出現了一點光亮，她順著光抬起頭，發現站在自己身邊的不是別人，正是從開始到現在都還沒有進行過交談的艾斯特。

目光相對，她發現對方的眼眸中居然有幾分「忐忑」，彷彿在憂慮著什麼。

「該往哪邊走？」

而在她開口的瞬間，那種神色瞬間煙消雲散，他整個人都似乎精神了起來。

「應該是這邊。」語調甚至都有輕鬆的味道。

這種感知讓莫忘覺得有點想笑，被人重視的感覺當然不錯，尤其是向來鎮定的面癱君居然會露出那種類似於「被嚇到」的表情。

「現在才知道害怕嗎？」意識到之前，這句話已經脫口而出。

「……是。」他非常擔心會惹怒她，畢竟……他之前幾乎做出那種失禮的舉動，導致陛下似乎在刻意與他保持距離。如果再來一次，那麼……

「如果我不來，你可能真的會死在這個地方。」莫忘一邊走，一邊微微側頭對身旁的青年說：「但我知道，你絕對不會因為這個而感到害怕。」

艾斯特微微一笑，「陛下，我知道您一定會來。」

她怔住，隨即輕聲問：「如果我不來呢？」

「那就耐心等待您的到來。」

「……不怕失望嗎？」

艾斯特輕聲回答說：「您從沒有讓我失望過。」

「你是傻瓜嗎？」

「對不起。」

莫忘深深的嘆了口氣，此時此刻，她心中頗有幾分雞同鴨講的無力感，於是她別過頭，很不客氣的抱怨：「只會說對不起，然後每次都依舊做出蠢事的笨蛋！」

「對不起。」

「你就只會說對不起嘛？！」莫忘停住腳，百忙之中抽空炸了個毛。

「……真的萬分抱歉。」

「喂！根本就是同一個意思好嗎？」她非常無語的伸出手捶了對方一下。

艾斯特完全沒有閃躲的打算，直接承接她的力度。

莫忘卻及時停住了手，「……你傻了嗎？都不會躲？」

「非常……」

「啊啊啊，別再對我道歉！」莫忘扶額，接受懲罰的是她吧？完全是她才對吧？為啥這麼彆扭啊喂！總覺得這傢伙的「陛下所想的所說的所做的就全是對的」病更加嚴重了，一切全順著她的心意來，再這樣下去真的是「絕交」的節奏！

「對……不，抱……」

「這個也別說了！」莫忘大大的嘆了口氣，「總而言之！別再做這種危險的事情了。」說到這裡，她斂去發怒的神色，認真注視著對方那漂亮的冰藍色眼眸，一字一頓的說：「我真的非常——」上前，抱住。

她雙手輕輕環住青年精瘦而有力的腰，因為身高相差過多的緣故，她側首時頭只能貼在對方的腹部以上，看起來有點像抱住了大人的孩子。

「擔心啊……」

從沒有哪一刻比得知他涉險時更清楚的意識到，不知不覺間她已經把他當成了重要的親人和依靠，失去他的世界一定會是她完全不想嘗試的寂寞。想到這裡，她又開口，小聲的重複了一遍：「我真的很擔心你。」

——所以，別讓我擔心好不好？

從那一夜以來，一直努力克制住自己心情的艾斯特，終於無可抑制的再次衝破了自己畫下的「圈」，他單膝跪下間，同樣輕柔的用雙手環住女孩嬌小的身軀，她的頭順理成章的貼在他頸邊，肌膚相親，耳鬢廝磨。

他努力壓抑著更進一步的衝動，輕聲允諾：「嗯，再也不讓妳擔心了。」

「真的？」

「嗯。」

「不會撒謊？」

「以魔神大人之名起誓。」

「很好！」下一秒，莫忘一把推開艾斯特，對他豎起了小拇指，笑道：「撒謊的話你就是小狗，嘿嘿嘿……」

艾斯特：「……」

「好了，別讓其他人久等，我們快走吧！」

自覺得到保證的莫忘快速「溜走」，愉悅激蕩的心情讓她一不小心就忽視了——艾斯特剛才說的是「妳」，而並非「您」。

★◎★◎★◎★◎

地道就像尼茲說的那樣，並沒有什麼機關或者隱藏魔法，這是艾斯特親身探查出來的。

無論何時，他都走在前面，隨時準備以生命對抗可能出現的危險。

大概是因為年代的變遷或者別的什麼原因，地面不太平整，不自覺間，女孩的小手緊緊的抓住了青年的衣角，尾隨著他一路前行。就這樣，兩人一路走到了盡頭。

「沒路了。」莫忘左右張望著說，「莫非在頭頂？」抬頭。

「不……」艾斯特敏銳的覺察到了魔力的流向，微動了一下腳，「在下面。」

「咦？」

彷彿印證他的話，兩人腳踩著的地面很快陷落了下去，身體彷彿陷入了某種神秘的漩渦中。莫忘還沒來得急發出「呀」的呼聲，周身突然又安定了下來，她這才發現，自己剛才似乎通過了一個傳送魔法陣，而後發覺有什麼東西撲過來抱住了她的大腿。

「……」這種熟悉的觸感……

「陛下！！！」

「……」這種熟悉的哭聲……

莫忘扶額，「格瑞斯……」就不能再堅強一點嗎？

「終於再見到您了，我真是……真是……死而無憾了！」格瑞斯果斷拔劍！

「……喂！」莫忘震驚了，「別鬧。」

「背叛過您的我已經沒有資格活在這個世上了。」紫髮青年雙目含淚，拿著劍抵著脖子慷慨激昂的喊道。

她連忙勸：「那不是你的錯啦！」

格瑞斯一臉悲傷的別過頭，「可是我的確那麼做了。」

「你不是為了我嗎？」

「不！什麼都無法抵銷我的罪！」

莫忘：「……」沉默片刻後，她扶額，「那你隨意吧。」

格瑞斯：「……」呆，淚奔，「陛下您真的捨得讓我死啊？」

莫忘吐血：不是你自己要死的嗎？！

「既然如此，陛下，永別……」

「你的鼻水……」

「……咦？」格瑞斯連忙丟掉劍，摸出塊手絹拚命擦鼻子，再一看，「陛下，您騙我？流鼻水這麼不優雅的事情怎麼可能發生在我身上？」

莫忘望天：「我只是說了鼻水而已。」其他的什麼都沒說，所以不算撒謊。不得不說，被「規則」限制了後，她真是越來越狡猾……不對，是機智了！

「好了，別再演鬧劇了。」雙手抱臂靠著柱子站立的白衣青年艾米亞不爽的哼了一聲，催促道：「祭典馬上就要開始了。」他雖然不是守護者，但憑藉「家主」的身分也順利進入了神廟之中，在格瑞斯使用魔法陣接應其他人的同時打著掩護。

格瑞斯怒瞪艾米亞，「你這小子是找碴嗎？」

艾米亞輕嗤了聲：「是又怎樣？」

莫忘：「……」這兩個人的關係還是這麼差！

賽恩連忙站出來，攔在兩人中間勸道：「兩位前輩，時間差不多了。」

「陛下，您該換衣服了。」

「嗯，好。」

莫忘換上了一身大紅色的騎裝，身後披著潔白如雪的披風，沒有加冕儀式上的那條那麼長，僅及小腿處，卻更加乾淨俐落有氣勢。這身衣服毫無疑問是格瑞斯帶進來的。

長髮再次被高高的束起，除了王冠外，再沒有其他的裝飾。

一柄外表華美的短劍掛在她腰間，雖然劍鞘上鑲嵌著各式各樣的寶石讓它看起來頗為華而不實，但當它真正出鞘時，所有人就會意識到它的鋒利，外殼不過是掩飾而已。

同樣潔白的馬靴踏地間，發出了沉悶的輕響，莫忘穩穩的站著，覺得心裡很踏實。

雖然內心並不像口中說得那麼肯定，但如果所有人都陪在她身邊的話，那就沒有什麼好害怕的。哪怕結局再糟糕，又能糟糕到哪裡去呢？

屋外的夕陽透過窗櫺射了進來，在屋中投下了一地近乎血色的殘光。

更有幾縷，落在了女孩的身上。

石詠哲心頭猛地一跳，緊皺起眉頭，上前一步遮擋住了那道光線——剛才那個瞬間，她看起來簡直像是渾身染血。實在是太不祥了！

「阿哲，你怎麼了？」小竹馬的舉動讓莫忘驚訝的回過頭。

面對這種疑惑的目光，石詠哲下意識張了張口，卻又不知道該說什麼才好。

「不要去，我覺得有危險」或者「跟我一起回去吧」……這種話怎麼可能說得出口？而且就算能說出口，她恐怕也不會聽他的。

石詠哲隱約覺察到，事態正在朝某個不可掌控的方向發展，而他卻拉不住煞車。

「怎麼了？」莫忘湊近，伸手摸摸他的額頭，「沒有發熱呀，怎麼臉色這麼難看？」

他默默捏緊拳頭。

——不，不能這樣下去。

下一秒，他猛地抓住女孩的手腕，將她扯到房間的角落中。

「咦？怎、怎麼了？」莫忘被小竹馬突然的舉動驚呆了，這到底是怎麼了？但緊跟著，他說出的話又讓她更加震驚。

「我們離開這裡吧。」

「……什麼？」莫忘愣住，「為什麼突然這麼說？」

「我有種不好的預感。」石詠哲收緊握住她的手，認真的說：「我們回去吧。」

「可是……」並不是不相信他啦，只是事情到了這個地步，就算想停也沒辦法停下來了吧？艾斯特為此付出了那麼大的犧牲，她如果輕易的放棄，實在是……

「小忘。」石詠哲眼神中滿是懇求的意味，「跟我走。」

「……」莫忘沉默不語，顯然，她陷入了艱難的掙扎之中。從內心深處，她很相信自家小竹馬的直覺；但理智上，她知道自己不能走。

「陛下，時間要到了哦。」

「……」抓著她的那隻手更緊了。

石詠哲的臉上泛起焦急的神色，他緊緊的注視著她的表情，一分一毫都不錯過。

片刻後，莫忘微嘆了聲：「對不起……」

很顯然，她已經做出了選擇。

「為什麼要這麼固執？並不是再也找不到機會，妳……」

「不，並不是這樣的。」莫忘微微搖頭，「阿哲，好奇怪，剛才我好像突然也有了某種預感，它告訴我說『去前殿，去那裡可以知道一切』。」

「上次出現這種預感是魔神找我的時候，所以，他知道我們在這裡。」說到這裡，她苦笑，因為她知道走不掉的，已經太遲了，或者說從進入這座神廟……不，從回到這個世界的那一瞬間開始，就已經沒有後悔的餘地了，「阿哲，你不如……」

「我和妳一起。」

「可是……」如果他出了什麼事……

「走吧。」如果真的會發生什麼不祥，至少他只要活著，就一定站在她的身前。

這樣就夠了。

「……嗯。」和他，和大家在一起的話，連神廟都不必害怕。

「陛下？」

「嗯，來了。」

因為小竹馬的話，女孩心中不可避免的增加了許多沉甸甸的感覺，但她依舊堅定的踏著腳步，朝正殿所在的方向走去。

★◎★◎★◎★◎

此時，祭典正達到高潮，最後一位祭司手捧著法典，站在跪著的孩童面前，後者用稚嫩的聲音回應說：「我願……」

「我反對！」

一道聲音突然響起。雖然不大，卻響徹了整個殿堂。

「誰？」

「布倫德爾大人？」

「格瑞斯．布倫德爾，你想對陛下無禮嗎？！」

一連串的呵斥聲後，身穿華美紫色禮袍的格瑞斯輕哼了聲：「我當然不會對陛下無禮，但他算什麼陛下？」

「大膽！」

「瀆神！居然在神廟說這種話，他是在瀆神！」

「雖然看他不太順眼——」身穿白色長袍的艾米亞走到高臺邊，輕笑出聲，「但不得不說，他說得很有道理。」

「艾米亞！你想步你哥哥的後塵嗎？！」

「艾斯特那個罪……啊！！！」

銀髮青年冰冷的注視那位躺倒在地哀嚎著的貴族，「我和他不一樣，我脾氣不太好。」說罷，他朝剛才責備自己的人一個個看去，在那異色的雙眸下，那些人紛紛垂下了頭。艾米亞輕蔑一笑，「別招惹我，因為你們招惹不起。」

「……」

「……」

「你們到底想做什麼？」有人試著上前交涉，「為什麼要打斷陛下的慶典？」

艾米亞哼聲道：「我沒想打斷陛下的慶典。」

「那麼……」

「前提是，這小子真的是魔王陛下。」

「你……」

「你們……」

因為之前得到了「警告」的緣故，觀禮者雖然看似「憤怒」，但除去少數「現任魔王死忠黨」外，其餘人都將言語克制在某個不至於觸怒兩人的範圍內。

「對我來說……」

「在我心中……」

說話間，格瑞斯與艾米亞同時側身，讓開了足夠兩人通行的道路，與加冕那天一樣身穿騎裝的女孩從其中緩步走出。

「魔王陛下永遠只有那一位。」

無數人瞪大了眼睛，緊接著驚嘆聲傳來，討論聲響起，神殿瞬間喧鬧成了一片。

想不到，他們是真的想不到。突然得到消息說魔神大人選出了新任的魔王，最初他們以為是前任魔王出了什麼意外而死去，有些人竊喜，有些人心裡卻覺得惋惜——前任陛下看起來雖然還是個孩子，但寬容堅定，似乎可以成為很不錯的王。但緊接著居然出現了神轉折，新任魔王居然說前任是假貨，連魔神都被騙了。

所有人得知這一消息時，第一反應都是：開什麼玩笑？！魔神大人怎麼可能被蒙蔽！而且，如果那女孩真的連神都可以欺騙，神祇怎麼可能不震怒？怎麼會輕輕放下毫不追究？謊言！稍微有點腦子的人都能猜到這並不是真相。

但是，這又和他們有什麼關係呢？

魔神的認可就是一切。

國家需要象徵，人民需要魔王，而他們這些貴族只需要能維持地位以及努力讓家族更繁榮，這就夠了。誰坐在那個寶座上，從來不是重點。

之前的王雖然不錯，但對他們來說也僅是眼熟而已，並沒有什麼真正的利益相交。

但現在……

「陛……她還活著？」

「怎麼可能？不是說她欺騙了魔神嗎？」

「如果真的是騙子，怎麼可能敢來這裡？」

「那是……被囚禁的艾斯特？他什麼時候被放出來了？」

人們下意識和身邊的人討論著，疑問太多，讓人難以適從，同時又讓人興奮——一種洞悉了或者快要洞悉某種秘密的強烈興奮感。

「大膽！妳這個騙子！」新王的擁護者無法壓制住此刻沸騰的氣氛，不得不硬著頭皮站到了女孩的面前，「還不速速認罪伏誅！」

話音未落，一柄銀色的長劍已經抵到了他的脖上。

手持長劍的青年冷聲說：「退下，你沒有資格阻擋在陛下的面前。」

「你這個罪……」話音戛然而止，因為這位中年男子只覺得喉頭一痛，幾絲紅色的液體順著脖頸流了下來。

艾斯特凜聲說道：「同樣的話，我不想說第二次。」

「……」雖然臉上滿是不甘，他依舊咬牙退了下去。

但當他自覺逃離了安全範圍後，立刻大喊出聲：「來人，抓住那群反賊！」

「誰是反賊啊？你這個黑熊大叔！」金髮少年像熊孩子似的蹦躂著跳了出去，手中揮舞著重劍，瞬間將一群人砸飛——他用的是劍背。

「……誰是黑熊啊？！」中年男子咬牙，「來人，擒賊先擒……」

「熊？」有人笑著接了一句。

與此同時，男子再次覺得脖子一凜，回頭看去，只見一位梳著小辮子的少年正站在他身後，身上看起來毫無魔力，很明顯是個普通人。但就是這個普通人，手中正握著一把冒著寒光的匕首，而這把匕首，正架在他的脖子上。

中年男子的頭上再次冒出冷汗。

少年卻笑嘻嘻的將匕首往前湊了湊，還做了個「切割」的手勢：「大叔，接下來該做什麼？割下熊掌做菜嗎？」

「……放、放肆，區區一個普通人居然敢對我……嗷！」這小子居然踩他的腳丫！

「有點吵。」陸明睿揉了揉耳朵。

「……」這到底是哪裡來的熊孩子啊？！TAT

「唔，手痠了。」

「……」別鬧！才過去十幾秒鐘而已。

陸明睿嘿嘿一笑，「黑熊，如果不小心割破了你的脖子，能原諒我嗎？」

「……」必須不能啊！

就在此時，一位有著漂亮淺青色長髮的青年走了上來，一把掰開中年男子的嘴，逕自倒了一瓶魔藥下去，而後對陸明睿說：「你可以放手了。」

「哦。」陸明睿收手，隨即饒有興趣的注視著不到半秒就癱倒在地的中年男子，「瑪爾德，你給他喝了什麼？」

「補藥。」

「哈？」

「只是稍微有點副作用。」

中年男子：「……」抽搐，這真的是只有一點嗎？嗷嗷，肚子！肚子好痛！可他媽的卻喊不出來啊啊啊！

與此同時，神廟中不停的響著這樣的聲音——

「哪裡的貓？」

「狗咬人！」

「啊啊啊！老鼠？」

「哪裡來的鳥？好凶！」

神殿簡直被這群小夥伴鬧了個亂七八糟。

原本霸氣側漏出場、結果沒多久就囧然的莫忘扶額，這些人能別這麼鬧騰嗎？好在沒有全員下場——艾斯特、艾米亞、格瑞斯與石詠哲守候在她身邊。

「妳……就是魔王陛下嗎？」

身邊突然傳來一道小小的聲音。

莫忘側頭，發現原本跪在高臺上的男孩不知何時站起身來，走到了高臺的側面，最接近她的地方。這個孩子果然有著一頭深黑色的髮絲，眼睛卻是紅色的，活像一隻小兔子。此刻他正一臉好奇的望著他們。

——這就是新任的魔王陛下嗎？好小！

「嗯，我是。」這一點毋庸置疑。

「妳是來奪回王位的嗎？」

「……是。」總覺得對一個孩子說出這種話略可恥啊。

「太好了！」孩童突然高舉雙手歡呼了起來，雙頰紅撲撲的，染上了興奮的光彩，「這樣我就可以不用被逼學習了！」

「……被逼學習？」

「嗯嗯！我比較想和法爾哥哥、愛恩姐姐一起玩。」

莫忘：「……」這種莫名其妙的坑爹感是怎麼回事？

想到此，她不禁嘆了口氣：「魔神那傢伙到底在搞什麼鬼啊？」選這樣的小孩子為王？不會是惡趣味發作吧？

「妳不喜歡嗎？」低沉的聲音驀然在她耳邊響起。

「……」反應過來之前，莫忘驚訝的發現自己整個人騰空而起，一隻手臂正穩穩的自背後攬在她的腰間，「你做什麼啊？」這也太危險了！

「別擔心。」戴著銀色面具的男子微勾起嘴角，「不會讓妳摔下去的。」

他輕抬起手，微微一點，原本在神殿中鬧騰著的人們便如同被按下了暫停鍵的錄影帶，紛紛定格在原地，「妳就算摔下去也沒關係。」指頭再點，說道：「因為這裡的一切都由我掌控。」

第五章

魔界的誕生真相就要披露

就像時間再次開始流轉，下方的人們重新獲得了自由，只是所有人都沒有再打下去的心思，不約而同的瞪大雙眸注視著浮在空中的男子與女孩。

「……那就是傳說中的魔神大人？」

傳說，能夠親眼見到魔神的，只有魔王與守護者。

但是，在已留下的典籍中，哪怕是魔王的回憶錄，也沒有哪一本清晰的描繪出這位神祇的外貌，幾乎用的都是「威嚴」、「強大」、「深不可測」等等詞彙。當然，沒有人懷疑他們當初是不是真的見過魔神，因為在魔界也曾出現過不少的魔法師，他們魔力強大，以至於見到這些強者的人只能看到一團強盛的光，卻下意識忽視了其長相。

如果是魔神大人，想必會更加強大。

而莫忘也曾經問過艾斯特等人，結果得知，雖然他們都曾被魔神認可，但其實他們從未見過對方的真身。

此刻，一直「神龍見首不見尾」的神居然出現在所有人的面前，如何不讓人心神震動。

「刷刷刷！」下面瞬間跪倒成一片。

原本愕然抬頭的貴族們紛紛低下平素高傲無比的頭顱，拜倒在那無風翻飛的黑袍之下。

唯一還保持著站立姿勢的，只有接受過唯物主義教育的陸少年、「魔族死敵」石詠哲以及他的小夥伴們。

心神動搖之際，人們的心中漸漸泛起疑惑，魔神大人到底是因為什麼而出現？而且，他將前任魔王抱在懷裡？那明顯不是對待「敵人」的態度吧？果然消息是偽造的，現任魔王才是假的？

「就算這樣，我也不喜歡飄在空中，放我下去啊！」莫忘劇烈的掙扎著，被人像小雞仔一樣提著也太難看了！

殊不知，她這種隨意的態度再次驚到了一票人——居然敢對神那樣無禮？

「之前不是玩得很開心嗎？」

同樣是「旁若無人」，女孩不是故意的，而男子同樣也忽視了其他人，不存在有意無意的問題，這就是他的姿態，不因為任何時間、任何地點、任何情況而改變。

「……之前不是這個姿勢吧？」

黑袍男子聲線低沉的笑了一聲，雙手微動，轉眼之間就將女孩穩穩的以公主抱的方式抱在懷中，「這樣可以嗎？」

石詠哲：「……」終於明白魔族是他的死敵了！

莫忘：「……」這傢伙好氣人！

「妳生氣了？為什麼？」身為神的男子微側了下頭，「還是說，更希望我揹著妳？」

莫忘下意識的齜牙，「我比較希望站在地面上！」

下方人心中又是一番震動。

這可是神啊，又不是她家養的大黃狗，這麼隨便說話真的沒關係嗎？不管怎麼說也太失禮了吧？！

「妳天生就該立於萬人之上。」

莫忘：「……」和這傢伙根本說不通啊！她無奈的扶額，索性問出了心中的疑惑：「既然如此，為什麼要把魔王之位給別人？」

此言一出，下方無數人豎起耳朵：是啊，為什麼啊？

更有人內心尖叫：她問出來了！她居然就這麼直接問出來了！是在向神表達不滿嗎？

雖然莫忘提出了疑問，但對方給她的回答卻不是她想要的——

「因為妳已經不再需要它了。」

「……哈？」用一個疑問來解決另一個疑問真的是太犯規了！

正當她想詢問時，對方卻再次跳躍了話題：「妳不喜歡那個孩子當魔王嗎？他喜歡吃的食物和妳一樣。」

「……啥？」

下方再次有人內心尖叫：這是啥？選擇魔王的理由也太草率了吧？完全是在胡鬧吧？

「那麼，妳希望由誰來做下一任魔王呢？」男子白皙到幾乎透明、潤滑得宛如玉質的手指輕輕滑過冰涼的銀色面具，彷彿在思考著一般，「那位一直對妳很忠心的克羅斯戴爾家主如何？他有成為王的器量和潛質。或者說，布倫德爾家的繼承人？還是說，妳更喜歡那個平民家庭？無論是誰，只要妳喜歡就可以。」

這次不只下面有人吐血，莫忘也差點吐血了。所以說，她懷著悲壯的心情到這裡來……到底是做啥的啊？這傢伙到底把魔王之位當成了什麼啊，可以隨便送人的棒棒糖嗎？

這一刻連石詠哲都覺得整個人不好了：之前的不祥預感其實是坑爹吧？絕對是坑爹吧？

莫忘真心怒了：「為什麼一定要讓其他人來做？」

結果對方依舊神回答：「太不方便了。」

「什麼意思？」

「從此以往，妳將和我一樣不朽。」黑袍男子高舉起手，將女孩托舉了起來，讓她比所有人都高，比自己更高，「妳可以長久的作為『神』來守護這個國家，而並非『王』。」

此時，莫忘是真的被嚇到了，「神？怎麼可能做得到？」他、他在說什麼啊？那種明顯不可能的事情！

「妳本來就是。」魔神縮回手，將她放回到自己身邊。

出乎意料的，莫忘居然沒有掉下去，反而穩穩的站在空中。也許就如同他所說的，這個空間完全由他一人掌控，所有不合常理的事情既然發生了就是合理的。

緊接著，黑袍男子再次做出了驚人的舉動，他居然屈下身，單膝跪在女孩的面前，握住她的手，貼在自己的心口，「妳比誰都有這個資格。」

「……」這這這這這是鬧哪齣啊？

下方瞬間一片譁然。

即使再懾於神威，看到這種不可思議的事發生在自己面前，也很少有人能保持鎮定吧？

「神？」而本就對所謂的魔神沒多少敬畏感的陸明睿摸了摸下巴，很直白的說：「成為王就已經夠讓人驚訝了，這次居然要成神？妹子的背後到底是照耀著怎樣的金手指啊？學弟，你知道嗎？」

石詠哲：「……」他會知道才怪吧？事態為什麼會發展到這種不科學的模樣？

「從魔王到魔神嗎？」站在他肩頭的白鼠尼茲喃喃低語，「這真是個奇蹟。」

「什麼魔神？明明是二魔神，因為是第二個。」薩卡翻了翻血紅色的死魚眼，邊挖鼻屎邊說，而後手一伸，就把髒物擦到了身邊某隻貓的身上。

布拉德跳起身用巴掌糊了牠一臉，「你這個笨蛋給我滾蛋！」

「魔神，可以打架嗎？」小鳥雙眸中火光燃燒。

石詠哲：「……」這群笨蛋就不能消停點嗎？話又說回來，小忘她到底是開啟了怎樣的外掛啊？平時還老說對他羨慕嫉妒恨，完全應該反過來才對吧？

驚訝間，莫忘下意識揮開對方的手，後退了幾步，「我不明白你的意思。」

就在剛才，她的手接觸到他心口的那一瞬間，像上次看到畫像時一樣，又有某些資訊湧入她的腦中，只覺頭疼得厲害的她不自覺……或者說本能的選擇了躲避。她總覺得，有什麼事情是不應該知道的……如果知道的話……就會……就會……唔！會怎麼樣？

不清楚。

不明白。

不知道。

這到底是……

被稱為魔神的男子沒有動，不知從哪裡湧來了一陣風，捲起他的袍角，露出他赤裸的、白皙的、同樣宛如玉雕的足，在光照之下，似乎能泛出淡淡的螢光。他朝她所在的方向伸出手，問道：「您還是沒有想起嗎？還是說，不願意想起……我？」

莫忘沒有忽視掉他的稱呼——您？

——為什麼？

——為什麼要用這個字眼？

「沒關係。」緊接著，他繼續說道：「沒有想起來也沒有關係，總有一天……您會重新想起的，在那之前，在那之前……」

「在那之前？」

銀色面具下的淡色嘴唇微微勾起，漂亮的弧線下，男子用低沉又微帶暗啞的聲調篤定的說：「上次見面時，妳曾經說過，想看彩虹。」說罷，他抬起頭，於空中輕點，一道散發著虛幻美感的七彩虹光瞬間出現在神廟的頂端，「妳還說，會帶我想要的東西過來。」

莫忘只覺得嘴裡發苦，她想起張姨曾經對自己說過，女孩子千萬不要對他人許下承諾，尤其是語焉不詳的那種。她這算是「犯規」了嗎？可當時之所以那麼說，是因為覺得這個人不可能會傷害自己……不，即使現在，她也不覺得會這樣，只是……

「你想要什麼？」

男子嘴角的弧度越深了，「這世上獨一無二的、無與倫比的、最珍貴的事物。」

「那是什麼？」

「妳。」

「……」這話讓莫忘的心頭一陣發寒，同時頭更痛了，但她仍然鼓起勇氣大聲說：「我不能待在這裡！」

她不願意像他一樣，必須永遠的留在這座神廟中，哪怕不朽又能怎樣呢？她不會覺得比現在更快樂。更何況，長久的活下去就意味著最終可能只剩下她一個人。那又有什麼意義？

「妳天生就屬於這裡。」黑袍男子一邊如此說，一邊緩緩摘下面具。

莫忘下意識瞪大雙眸，她清楚的記得，在加冕典禮上對方曾經說過，一旦摘下面具，她就必須永遠留下來。

「別……」

但是，還是太晚了。

銀色的面具自空中墜落到潔白的地面上，發出幾聲連綿不斷的脆響，而男子……或者說青年的面容，也完整的出現在莫忘的眼前。

「你……怎、怎麼會？」因為過於驚駭，她一把捂住嘴。太奇怪了吧？這張臉……這張臉……為什麼會……

「和您很像，對吧？」青年微微一笑，一語就道出了莫忘心中的疑惑。

「……」是的，和她很像。很奇異的，作為女性，她並不算大美人，但這五官出現在他的臉上時，卻構成了一種奇異的美感，既像她卻又更美麗……不，英俊得多，像是深海中蘊藏著的黑珍珠，神秘又惑人。唯獨臉部的輪廓和那雙漂亮的眼睛，倒更像是……更像是……

「您真的什麼都想不起來了嗎？」青年走上前，再次握住怔住的莫忘的手，單膝跪下，將其貼在心口處，「忘記了嗎？是您給予了我這一切，母親。」

「……」

「還有——」他低下頭，看向用相似的面容驚訝的注視著自己的那個少年，「父親。」

幾乎在青年說出話語的瞬間，莫忘如同被什麼擊中了，有那麼一刻，腦子彷彿裂開了。

她以為自己會死，但卻沒有，只是那些浮現在腦海中的記憶碎片，一點點的清晰起來。

「阿哲，看那張卡片！」

「嗯？神秘反派，武力值999……這什麼啊？」

「不覺得很帥氣嗎？面具什麼的。」

「笨蛋，哪裡帥氣了？」

——明明很帥氣啊！

——不過，面具後的臉到底是怎樣的呢？唔，會不會長得像阿哲那個蠢蛋呢？不，果然還是像我比較帥氣吧？

「阿哲，一起去玩吧。」

「我有事。」

「哎？之前也說有事，你到底在忙些什麼啊？」

「囉、囉嗦，有事就是有事，妳管那麼多做什麼？」

「……」

——為什麼不和我玩了？

——一個人，好寂寞啊……

「就這樣，笨蛋勇者被偉大的魔王打敗了。」

「魔王陛下狠狠的踩在他的肚子上……」

「勇者跪地求饒……」

——今天阿哲又不理人，果然應該再狠狠欺負他！嗯，下面再編一個怎樣的故事呢？

回憶的碎片漸漸匯聚成海，洶湧異常的朝莫忘撲來，她無可閃避，只能硬生生的承受住衝擊。緊接著，莫忘萎頓的抱頭跪倒在地，整個人看起來氣血微弱，好像受到極大的傷害。

「小忘！」

「陛下！」

「學妹？」

下方人的喊叫聲彷彿從另一個世界傳來，或者說，此刻正處於另一個世界的人是她自己才對。

「您想起來了嗎？」

似乎有人在耳邊輕聲問她。

「居然……是這樣……」

當真正知道答案的這一天，才發覺直覺是對的——有些事果然還是不知道會比較好。

因為……眼前的一切竟然都是虛假的。

這種事情……這種事情……

怎麼可能接受？！

可就算她再怎麼掙扎痛苦，已經發生的事實卻注定是不會改變的。

但是，這些人、這些事，還有……這個世界，她真的能心安理得的將其當成虛假的嗎？她做不到！

想起這一切似乎用了很久的時間，但其實只是區區幾秒而已，而此時，魔神……或者說被她親手創造出的這位神祇剛好說出第二句話——

「父親。」

被他注視著並喊著的石詠哲愣了幾秒後，惱羞成怒：「誰是你爹啊？！」雖然這傢伙和自己長得是有那麼一丁點相似，但是！他絕對沒有生過這種不孝子！不，他也生不出。

相對於其他魔族與聖獸的驚愕，陸明睿則不厚道的噴笑出來：「學弟，恭喜當爹啊。」

石詠哲：「……」這傢伙看起來比他老多了，哪裡像他兒子啊？但是……他皺起眉頭，仔細一看，這傢伙的長相的確有點像他和小忘的綜合體，這到底是？

就在此時，莫忘動了，她有些呆愣的抬起頭，注視著依舊單膝跪在自己面前的青年，細細的看著他的臉孔，終於開口時，嘴脣如同風中的花瓣般微微顫抖：「他說的是真的。」

「您終於……」黑袍青年笑了，他眉眼舒展，滿臉都是愉悅的神色，「就算暫時被忘記也沒關係，因為您已經再次回到我身邊，並且，永永遠遠的都不會離開了。」

「……因為我要死了嗎？」

「那不是死，而是永恆。」青年張開雙臂，滿足的嘆息，「我們將合二為一，再也不會分開了。」

★◎★◎★◎★◎

沒有什麼時候比此刻更加清楚的意識到——這是她自己造就的罪孽。

沒錯，眼前的這位「神」，以及這個世界，如果不出意料的話，都是因她而生。

五年級時，因為阿哲越來越不愛搭理自己，她開始變得寂寞，一個人坐在儲藏室中，無聊的玩著過去他曾和自己一起玩的那些玩具。

東西還在，可惜陪伴她的人卻不再出現。

空虛無聊間，她拿起他們曾經最愛的一個玩具——水晶球。為了買這個，他們一起存了很久的零用錢啊……但真的是好喜歡。愛看的動畫片裡，魔法師的手中總是拿著一顆類似的透明球體，用它釋放出毀天滅地的強大魔法。

——如果，有魔法就好了。

——這樣的話，就可以做到很多現在無法做到的事情。

莫忘與石詠哲。

魔王與勇者。

班上的同學經常這麼稱呼他們。但每次她都變成負面形象，真的是太糟糕了。

所以這一次，魔王要是好人，而勇者是和好人作對的大壞蛋！最愛……最愛……對了，最愛搶棒棒糖！哼，誰讓石詠哲那個笨蛋前幾天搶了她的糖果。

魔王所在的國家是怎樣的？

看電視經常說，天上一天，人間一年，於是魔界與現實世界一比十的差別好啦！

啊，對了，還需要一位神，就像動畫裡幫助魔法師的那位聖者一樣強大，魔界的神……嗯，就叫魔神好了。外表的話……對了，那張卡片不就很適合嗎？長相的話，嘿嘿嘿嘿……

一天天過去，女孩無聊時的幻想漸漸完善。

不知不覺間，一個龐大的世界構建完成。

如果她只是個普通人就算了，也許想完就算，也許可以用稚嫩的筆調將其記錄下來，若干年後再拿出來觀看，博得笑聲連連。

但可惜的是，她一點也不普通。或者說恰恰相反，其實她有著非常強大的精神力，並且完全無法控制它的外溢。她之所以養不活小貓小狗，也是因為如此，動物太敏感、太脆弱，短時間接觸沒事，長時間和她相處就注定走上死亡的道路，所以牠們即使喜歡她，也不敢在她身邊久留。

年紀太小的女孩一點都不知情，更無法控制精神力的外洩，而這個無聊時的幻想更加劇了這一點，於是，魔界構建成型，並自行漸漸完善。

當時的女孩壓根沒有意識到，這是多麼偉大的一件事。

僅憑這一點，她真的可以被稱為「神」。

但是，這個世界的一切……都源於她的精神力啊！它的每一次運轉、它的每一次推衍，它的每一次成長都需要力量維持。哪怕女孩再強大，也壓根無法堅持下去，很快的，她被壓榨殆盡，甚至變相透支了生命。

其實，她和林朝鈞真的可以說是同病相憐，只不過她的「病」真的要嚴重太多太多太多了。感知凶吉與創造世界，孰強孰弱，不是明眼人也能一看便清楚。

國一時，她的身體快速惡化，沒人告訴她是自己的行為導致了這一切，沒人告訴她現在的做法是不對的，沒人告訴她究竟該怎麼做……她也不知道該如何停止。可以說，她的一隻腳已經踏上了死路。

就在此時，身體的「自我保護」本能發動了。無自覺的情況下，她把水晶球和其他相關的東西封閉起來，並且將與那「幻想」有關的事情忘了個一乾二淨，之後更加少去儲藏室，唯一記得的只有——她的身體很差，她隨時可能死去。

但其實，這只是表象。

★◎★◎★◎★◎

「我本來已經快好了……」終於想到這一點的莫忘喃喃低語。

「是的。」黑袍青年點頭，「在您自動封閉通道、斷絕與這個世界的聯繫時，魔界還未完全成型，就像一個突然失去奶水的孩子，在失去魔力維持後，快速衰弱下去。」

「……你的衰弱也是因為這個？」艾斯特曾經說過，魔神陷入過衰弱期。

「是的，因為在您的設定中，我是這個世界的核心，與它『一榮俱榮，一衰俱衰』。三十年了，我本以為自己和這個世界會維持這樣的情形，一直到滅亡……」

「……」準確來說，不是三十年，而是三年，從國一到高一，也因此魔界才會有「三十年沒有出現魔王」的事情，因為這個世界即將衰亡，而當它滅亡後，這些龐大的魔力會重新回到她的體內，而她也能重新恢復健康。可惜……

「您重新找出了那顆水晶球，而且還是在儲藏室中找出。」

關於這個世界的一切都是在那裡構思的，那是她的遊戲室，同時也是一切的「起點」，更可以說是從現實世界到魔界的縫隙，所以——

「我抓住那一秒的時機，將那個克羅斯戴爾家的孩子送到了您的身邊。我多麼想親自前去，可惜按照您的設定，我永遠無法離開神廟。」

「……」

是的，在那一秒，艾斯特出現在了她的身邊，也改變了她的人生。她原以為那代表著「一切往好的方向轉變」，卻沒想到，通道的重新打開就意味著她的精神力將在不知情的情況下再次被吸取，直至消耗殆盡。而所謂的「身體好轉」，其實只是通道在打開的那一瞬間，身體吸收從魔界溢出的充足魔力後帶來的臨時效果而已，宛如鏡中花、水中月，看似美麗，其實一切只是虛妄。

「是的，艾斯特．克羅斯戴爾的出現為您奏響了死亡的樂章。」

重新連通世界後沒有多久，魔界終於完全成型，不再是「嬰孩」，而是「可以自給自足的成年人」。這也意味著它可以自行循環繁衍，不會再輕易衰亡；與此同時，構建世界的這份精神力也注定無法回到莫忘的體內，甚至因為「息息相關」的緣故，即使已經不需要，它還是在無意識的、源源不斷的吸取本源者的力量。哪怕沒有後者，她也注定衰竭而亡。

莫忘默然，也許真的是這樣沒錯，但是即便如此，「如果從來沒有遇到過就好了」這種話果然還是無法順利的說出口啊！

哪怕……

相遇，便是終結的序曲。

兩人的話音並不大，話語也只是零星傳出，卻足以讓所有人震驚，這種類似於「神蹟」的秘密，是真實發生的嗎？還是只是一個惡意的玩笑？

整個世界的存在與運行，真的是建立在那位嬌小少女的身上嗎？

如果它是真的，那未免太過殘忍；如果它是假的……這個念頭在人們心中只是一閃，便消逝了，誰都能感覺到，這個選項根本就是不存在的。

「不，不是他的錯。」令人窒息的沉默後，跪坐在上空的莫忘如此說著，「選擇打開盒子的人是我，選擇拿出水晶球的人是我，選擇將他送去的人是你，這一切和他並沒有什麼關係。」從頭到尾，艾斯特都是「被選擇」的，不應該將罪責加諸其上。

「您依舊是這樣善良。」青年伸出手撫摸她冰涼的臉孔，隨即又握住她的手，將一件東西塞入她的手心，語調溫柔的說：「需要向他們告別嗎？時間已經不多了。」

「……」

「我明白了。」一說罷，青年站起身，袍袖揮舞間，神廟中的所有人全數暈厥過去。

按照規則，這裡是他的絕對空間，所有想做的任何事情都必然成真，唯一例外的只有眼前這位女孩——不能傷害她，不能使用魔法改變她的意志，不能強行將她留下……

但現在，一切都無須擔心了。

這是留給她的最後一點時間，從今以後，他再也不會被遺忘，再也不會在絕望的黑暗中等待著自身的滅亡……這個人，這個給予了他生命的人，將和他一起，永遠、永遠……

懷著這樣滿足的心情，他漸漸隱去身形。

下一秒，莫忘如同一片輕盈的羽毛般自空中墜落下來。

她怔怔的注視著緊握在自己手中的紅色寶石，深吸一口氣。事態轉變太快，不只他人，連她自身都覺得無所適從，但是出乎意料的，並非無法接受這個事實。

大概在內心深處，她自己早已想過這種可能性吧？

莫忘伸出手，撫摸著依舊在蓬勃跳動著的心臟——真的要死了嗎？

才這麼一想，她的嘴角便溢出了一抹血絲，毫無疑問，這個身體已經快堅持不住了。

兩個世界再次連通後，身體中的魔力被大量抽取，她卻一無所覺。她自以為得到了「力量」，殊不知維持那力量的正是自身的精神力。不只是「魔王的魔法」，連「勇者的魔法」

也是一樣，她的一部分精神力進入他的體內，所以他才會有魔力。而所謂的「勇者之魂」，其實只是從前的她對於勇者的設定而已。

所謂的「做好事」和「搶棒棒糖」，也只是事先設定好的「規則」，每當他們這麼做的時候，「規則」就會從她的體內抽取精神力，再重新作為「獎勵」輸入兩人的體內——所以這些事情做得越多，她的身體就越糟糕。

簡直像一個笑話！

如果她沒有猜錯的話，夢魔石事件以及那所謂「推翻魔王」的聯盟，恐怕也是魔神在暗地裡操作的，理由只有一個，希望能儘快消耗掉她的魔力，所以……所以才沒有人想要直接殺死她。

只是，她太晚發覺了。

「小忘！」就在此時，原本躺倒在地上的石詠哲猛地坐起身來，下一刻，他撲過去一把抓住莫忘，「妳沒事吧？」

「……」為什麼？啊，對了……因為他的體內有她的魔力。沒錯，魔界居民體內的魔力是從魔界獲取的，而身為「勇者」的石詠哲則不同於他人，他的魔力直接源於她，再加上他與這個世界的隱約聯繫，魔神對他沒有絕對的控制能力，所以他才能快速醒來。

也正因此，當莫忘看到魔神的畫像隱約想起一切、身體的保護機制再次發揮作用時，他才沒有和其他人一樣被帶回魔界封印起來，因為他的魔力不屬於魔界，而是屬於她，之後能打開空間，原因也在此。另外，他當時所感覺到的所謂的「魔力衰竭」，並非是因為通道堵塞，而是因為……她的身體不行了，已經快要沒有辦法維持「假象」了。

「我們回去。」石詠哲一邊說著，一邊站起身拉住她朝外快速跑去，「再次把兩個世界封閉起來，這樣妳就能好起來了。」

被拉得有些踉蹌的莫忘沒有拒絕他的好意，但心中卻非常清楚，一切都已經太晚了。

她已經透支得太過厲害，即使沒有看到畫像，沒有強行封閉世界間的通道，自己其實也支撐不了太久，只是時間問題而已。

她……必死無疑。

「不要放棄啊！」敏銳察覺到女孩情緒的石詠哲回轉過身，雙手無措的按住她的雙肩，急道：「妳現在不是已經好轉了嗎？只要回去的話……」

「……沒用的。」很不想讓他傷心難過，但一時美麗的謊言帶來的必然是更加深邃的痛楚，莫忘微嘆了口氣，搖了搖頭，「沒用的，我現在之所以看起來好轉，其實和第一次打開通道一樣，吸收了散溢出的些許魔力而已，但這只是杯水車薪，於事無補。」

「總還有其他方法的，對不對？」

「……」當然是有的，但知道與不知道又有什麼區別？

不知不覺間，她與魔界已經緊密聯繫在一起。她死，魔力就會徹底流向這個世界，與它合二為一，也就是魔神所謂的「永恆」；同樣的，除非這個世界毀滅，魔力才會重新回流到她的體內。

可惜，真的已經太遲了。

在上一次見面時，被她親手創造出的魔神說出了那樣的預言，也是因為篤定這一點。而他之所以選擇新的王，原因也正在此，不過是提前尋找一個替代品而已……

從她再次打開「潘朵拉之盒」的那一刻起，一切就已經畫上了句點。

「小忘！」

「阿哲……」她突然湊上前，緊緊的擁抱住他。

突然的動作讓石詠哲很茫然失措，他有些結巴的說：「現、現在……」應該抓緊時機逃走才對吧？

「能和你做青梅竹馬真是太好了。」

石詠哲被莫忘突如其來的話語打斷了步調，「什、什麼？」

「雖然平時一直抱怨，但是，其實和你一起生活的每一天，我都非常快樂哦。如果可以的話，真想一直……」

「那就一直一起！」石詠哲漂亮而有神的雙眼認真的看著她，「我們永遠不分開。」

莫忘沉默了片刻後，點了點頭，「……嗯。」

他鬆了口氣，剛想再說些什麼，突然身體一顫，「妳……」他不可思議的注視著她，又低下頭，發現自己的心口處被按進了一顆紅寶石，那鮮血般的紅看起來是如此的不祥，而此刻，它彷彿在吞噬著什麼。

石詠哲驚愕的發現，他眼中的她，似乎模糊了。

他想要阻止，卻無法動彈，掙扎萬分，也只是艱難的發出了一聲「不……」，而後就倒落在地，再次徹底陷入了昏厥之中。

「對不起。」莫忘後退了兩步，雙手在身邊緊攥成拳，不長的指甲不知何時陷入了掌肉中，血液順著指尖無聲滑落，「沒想到到最後，我還要對你撒謊。」

「但是，現在就算撒謊也沒關係了。」她艱難的露出一個笑容，好像他能看到，「加魔力、扣魔力什麼的，誰還會在意啊？」

「嗯，想反對嗎？反對無效。」她用開玩笑的語氣說話，本以為自己也能輕鬆一些，卻還是失敗了。

沉默了一小會後，她輕聲說：「我不想傷害你，只是……不想讓你難過。」

事情走到了如今這一步，她面臨的是「必死之局」，現在再因生命的流逝而感到難過毫無作用，真正讓她痛苦的是，死後有人會為了她傷心流淚。

與其這樣，倒不如從來就沒有遇到過，從來就沒有相處過，從來就沒有……

——是啊，把一切從根源抹除掉就好了。

她當然知道，魔神把這塊石頭交給她未必是「好心」，但是除此之外，她已經想不到其他方法了。

也許這樣的想法太過自私，因為她根本沒有資格替他人做決定，但關於想念與哭泣的事情她一個人做就好，他們……她希望他們能徹底的將注定只能隱身於黑暗中的她拋在腦後，然後微笑的在陽光下活下去。

這樣就夠了吧？

嗯，這樣就夠了。

她應該覺得滿足了吧？

是這樣沒錯吧？

但是……

為什麼……

她緩緩蹲下身，雙手環肩，將頭深深的埋入自己所建造的小小「保護圈」中，終於抑制不住的嗚咽出聲。

為什麼會這樣難過呢？

★◎★◎★◎★◎

這一天，逢魔時刻，殘陽如血。

拋棄「冠冕」散落著黑髮的女孩，在倒滿一地的人群中緩步行走著，她的手中緊握著一塊鮮紅色的石頭，吸收得越多，它的顏色也就越鮮亮。

她帶著它，以自己的方式向人們告別。

雖然，始終沒有機會真正的對他們說出一句——

「對不起，還有，永別了。」

——從現在開始，最親愛的人們，我們其實從來就沒有遇見過。

第六章

魔王的存在即將被遺忘

莫忘不知道「死亡」究竟是怎麼一回事，但她覺得，自己「死」的狀態和別人的一定不太一樣。

如果，世界上真的有天堂或者地獄，那麼毋庸置疑，她兩個都去不了。

她被禁錮在自己以生命創造的這個世界裡——最核心的位置。

四周一片混沌，她緊閉著雙眸，也許可以睜開？但似乎沒有這個必要，也許是因為什麼都看不到，也許是因為看不到她想看到的。這裡說不上寒冷，同時也說不上有多溫暖，她躺倒在其中，雙腿曲起，雙手抱膝，一個宛如嬰兒的姿勢。

明明像是最終，又像是最初。

她所不知道的是，那塊鮮紅色的寶石被敬奉在了神廟的祭臺上。

★◎★◎★◎

那一天，很多人醒來後，茫然失措，發現忘記了自己為什麼出現在神廟中。但緊接著，這種疑惑就不存在了，因為所有人清楚的看到，一位身著黑袍的青年男子站在祭臺之上，渾身上下散溢出的魔力讓所有人為之顫抖。

只那一剎那，無數人跪了下去，從身到心都在嘶喊著「服從」、「不可抵抗」……

他是神！

所有人都確信著這一點。

從魔界存在以來就一直守護著這個世界的神靈。

沒有人敢再抬頭看他，所以自然也不會注意到，青年英俊的臉孔上正流露出一種濃厚的悲哀神色，簡直像是在哭泣。他的手心托舉著一塊紅色的寶石，顏色鮮紅，看起來豔麗又極度不祥。

黑髮黑眸的女孩蜷縮在它的最中央，一動不動，好像已經完全死去。

事實上，她的生命的確幾乎走到了盡頭。

「母親……」

他不否認，自己將這塊石頭交給她並不算好意——從此以後，至少在這個世界上，能記住她、看到她、接觸她的人，只有自己一人。

他很清楚，即使再痛苦，她也一定會做出這樣的選擇。

她創造了他，他從她的心中誕生，這世上沒有人比他更瞭解她。

最後的最後，只要將這塊石頭捏碎，所有的一切都將蕩然無存。

從今以往，她只存在於這裡，存在於他的體內。和他一樣化為這個世界的守護神，真正的獲得不朽。

「您就這麼討厭我嗎？」魔神喃喃低語，手指輕輕撫摸著手心的寶石，「寧願和這些記憶一起消逝……」

他所沒有想到的是，這位真正的「創世之人」拚盡最後的魔力，將自己鎖進了這塊對她來說最為珍貴的石頭之中，如果他們無法再記住她，如果她無法再見到他們，那麼至少……

讓她在這塊承載了無數記憶的晶石中沉眠。

要麼和它一起活著，要麼和它一起死去。

這個做法，讓她微妙的徘徊於「生」與「死」的邊緣，並未徹底死去，卻也難以醒來。

魔神知道，自己自私的舉動使得他永遠失去與她合二為一的機會，一旦捏碎這塊石頭，她的最後一絲魔力將徹底消散在天地之間，到那時，誰也無法找到她，誰也無法得到她。

他不會做出這樣的事情。

——對不起，無法給您所渴求的自由。

——即使化為了這樣的姿態，也請陪伴在我身邊。

他將這塊石頭留在了祭臺之上，它將和他一起得到人們的供奉，這些信仰化為力量，一點點的融入其中。

也許總有一天，她會因此而醒來；也許總有一天，他能再度找到機會。

但在此之前，他必須耐心等待。

還有那麼一部分的人和動物，在醒來之前，就被他送回了各自的家中，或是莊園，或是房間，或是森林，或是……

當他們醒來時，茫然若失，敏銳的覺察到自己似乎忘記了什麼的同時，又怎麼都想不起自己所忘記的究竟是什麼。

怎麼可能記得呢？

哪怕心中還殘留著疼痛到極致的感覺，那與此相關的所有記憶，都全部被她帶走了啊！

而女孩在這麼做的同時，也知道——時間總有一天會帶走剩下的所有疼痛。
這是多麼殘忍又完全無法逆轉的現實。

★◎★◎★◎★◎

「喂，傻小子，起床了！」
石詠哲迷迷糊糊的從睡夢中醒來，「……嗯？老媽？」
「不是我還能有誰啊？」
「我還以為是小……」小……小什麼？
自床上坐起身的石詠哲疑惑的撓了撓臉頰，又抓了抓後腦杓，而後緊皺起眉頭，不確定的問向自家老媽：「我是不是忘記了什麼重要的事？」
張姨扶額，「這種事應該問你自己吧？」
「說的也是。」到底忘記了什麼呢？不行，完全想不起來！
石詠哲困擾的捶了下床，再一看床頭上的鬧鐘，「不好！快遲到了！」
張姨注視著快速奔跑到洗手間的少年，眼中流過濃重的悲哀。那場車禍後，她從小看著長大的小忘永遠的離開了，僥倖存活下來的兒子，卻失去了與之相關的一切記憶。
她不知道這是幸運還是不幸，或許只有他自己才能夠衡量這一切。
又或許，在他的內心深處還殘留著那樣一個虛幻的影像，所以即使隔壁再也沒有住人，他依舊會不自覺的走過去，就那麼呆呆的站在屋中或者坐在地上，似乎在想些什麼，又似乎什麼都沒想。

有好幾次，她過去喊他回家，看到他眼神茫然而脆弱的注視著自己，像今天一樣問「我是不是忘記了什麼重要的事情？」，她的心驀然一澀，幾乎忍不住想將一切都說出來。

卻到底……做不到……

身為母親，她有種預感，如果他知道一切，恐怕整個人都會崩潰。她無法眼睜睜的看著這件事發生。

「老媽，妳發什麼呆啊？」

「啊？臭小子，快去吃飯！」

「知道啦。」

但是，像這樣平和的日子，又究竟能持續多久呢？當某一天他想起……

張姨所不知道的是，不出意外的話，石詠哲其實永遠都不會想起來的。因為這個世界的人，真正完全忘記莫忘的只有近距離被她吸走記憶的石詠哲與陸明睿，魔神在他們身上釋放了一種類似於「混淆」效果的魔法，當他們被送回到這個世界的瞬間，魔法就會開始作用。

所謂的「車禍」、「死亡」……都是因此而生。

因為這裡畢竟不是魔神所能控制的世界，所以他的魔法只能起到模糊記憶的效果，而不能像在魔界所做的那樣，將關於女孩的存在線索從世界上、從所有人的腦海中完全抹去。

他有些不滿，卻也沒有其他辦法。

然而，記憶可以消除，但是感覺呢？

★◎★◎★◎★◎

同樣是一個早晨，當青年從睡夢中醒來，眼神由短暫的茫然變為有神，他快速坐起身，窗外的天色已然明亮了起來。過去的他似乎不是這樣的，經常是天色尚黑就起床處理各種檔案，但自從……自從？什麼？

——又來了。這種感覺……

他困擾的扶住額頭，從某一天突然從睡夢中驚醒後，總覺得自己似乎忘記了什麼重要的事情，卻無論如何都想不起來，即使再糾結也沒用，即使找了與之相關的強大法師也沒用，得出的結論都是——他什麼也沒有忘記，是他自己想太多。

難得跑回家的無良老媽甚至讓他休息一段時間，免得「胡思亂想」，後來乾脆提議他「結婚算了，生個孩子就沒空胡思亂想了」，簡直是讓人無話可說。

青年的手習慣性的摸到枕下，拿出了一張完全空白的紙張，他沒有把紙張放在床上的習慣，但紙張就那麼突如其來的出現了，在他發覺自己似乎忘記了什麼的那一天。

他修長而有力的手指撫過紙面，朦朧的印象中，他覺得這裡曾經應該畫過些什麼，究竟是什麼呢？應該……是個人？究竟是怎樣的人呢？為什麼又完全消失了呢？

——到底是……

他的目光落到床頭的懷錶上，緊接著將其拿過來並打開，這裡似乎也曾經放過什麼重要的東西。

不止如此。

衣櫥中、書桌上……這個房間、甚至這座莊園，似乎都曾經被留下過什麼痕跡。

但是，他完全想不出來。

到底……到底是無意間遺忘了什麼重要的事情呢？

被他遺忘的如果是某個人，那麼她……或者他，會覺得傷心難過嗎？

這麼想的話，他真的是做了太過分的事情。

如此想著的青年快速的整理起衣著。今天，他又不想辦公了，就像某個人所說的「工作是做不完的，身體才最重要！」……是誰？誰說的？

——不行……不能再想下去了……

他決定去神廟。

不知為何，待在那裡，注視著那塊被供奉著的紅色晶石，總會讓他的內心平靜下來。雖然在同時，又會覺察到一種濃重的、幾乎讓人肝腸寸斷的悲哀，但至少比陷入那種「我知道我不記得，卻不知道我究竟不記得什麼」的茫然感要好太多。

真的要好太多太多，至少那種疼痛會讓他覺得自己還活著。

他有預感，如果最後連它都失去的話，那麼他一定是死了。

除此之外，沒有其他可能。

★◎★◎★◎★◎

如果這是夢，那麼一定是個可怕的惡夢。
無意識的想念和等待一個永遠都不會醒來的人，究竟是怎樣的一種滋味？
她沒有體驗過，也永遠不想體驗。但如果是因為她而讓他人遭受這種事，倒不如……
──不如？
「不！」
一聲短促的喊叫後，莫忘自睡夢中驚坐而起，她伸出手拭去額頭的汗珠，最後索性將兩隻手按在頭上，無力的重新躺倒在床上。
她到底做了一個什麼樣的夢啊……
──夢？
彷彿意識到了什麼，她再次猛地坐起身，左右觀察了片刻，驚愕的發現自己居然身處房間中。奇怪，她不是應該待在那塊晶石中嗎？怎麼會……
難道說，那一切真的只是一場夢？
那麼，到底從什麼時候起是夢？
大概是因為這場夢做得太久又太真實，以至於莫忘覺得自己彷彿身處於現實與虛幻的夾縫中，摸不清方向，也不知究竟該往哪個方向行走。

房間中一片漆黑，只有被拉得嚴嚴實實的窗布隱約透進了些許微光，外面的天似乎已經開始發亮。

莫忘跳下床，快速的跑向陽臺的方向。這種時候，她需要一點光，只有它才能為自己指引方向。

「刺啦」一聲，門被披散著黑髮的女孩用力拉開，因為過於焦急的緣故，光亮射入的瞬間，她險些一個踉蹌摔倒在地，但緊接著，她笑了。

赤裸著雙足的莫忘欣喜的注視著自東邊冉冉升起的太陽，神聖而明亮的光線以一種不可阻擋的力量劃破了黎明前的黑暗，為這個世界帶來光明與希望。

不知道為什麼，看到太陽的瞬間，莫忘有一種強烈的想要大喊出聲的衝動。

就好像……她已經被囚禁在黑暗中太久太久。

眼睛似乎都無法適應這種光輝，以至於乾澀到幾乎流下眼淚。她連忙反過手一把捂住眼睛，真是的，又不是孩子了，怎麼還這麼容易就感動到淚流滿面啊？真是太丟臉了。

就這麼靜靜的站了好一會兒，直到她終於意識到腳底泛涼，才恍然發覺這樣很容易感冒，連忙放下手朝房間中走去。就在這一瞬間，莫忘突然意識到了一點違和感，但又不知它從何而來，站著思考了片刻後，她笑著拍了拍自己的腦袋。

——真是的，太容易胡思亂想了吧？

如此想著的莫忘踏著輕巧的步伐快步走回房間中，然而，這種輕鬆感在她看到某件事物的瞬間……煙消雲散。

這件事物是她所熟悉的，也太平常不過——鏡子。

不熟悉而不平常的，是鏡子中的她自己。

「為什麼……」莫忘驚愣的摸上自己的臉。

鏡中的女孩做出了同樣的動作，這很正常，因為她們原本就是同一個人。

——真的是同一個人嗎？

莫忘呆呆的看著自己小了一圈的手，終於明白剛才所察覺到的違和感是從何而來——為什麼……她會變得這麼小？

這不是她，而是過去的她。

——到底……發生了什麼事？

呆愣了片刻後，莫忘突然回過神來，快步跑到客廳中，很快的，她找到了一本日曆，日期是……

這、這怎麼可能？她居然回到了五年級的時候？

她果然還是在做夢嗎？

為了確信些什麼，莫忘拿起日曆，狠狠的砸在自己的頭上。

「唔！」好痛！

眼淚下意識的就飆了出來，她抱著腦袋，真叫一個淚流滿面。

「小忘，妳在做什麼呢？」身後傳來一道熟悉卻又很久沒有這麼近聽過的聲音。

莫忘呆愣的轉過身，傻乎乎的歪頭，「……媽媽？」

和她穿著親子睡衣的女人不禁失笑：「妳怎麼了？睡迷糊了？」緊接著，目光落到她腳上時，臉色大變，「妳怎麼光著腳？會感冒的。」

女人一邊說著，一邊走過來，彎下腰不太費力的把她抱到板凳上——五年級的女孩身材比之高中時要更加嬌小，簡直像個大號的洋娃娃。

「……」真的是媽媽的味道。

「怎麼了？」又一道熟悉的聲音傳來，同樣穿著親子睡衣的男人好奇的注視著自己的妻子和女兒，「小忘怎麼醒得這麼早？」

「不光醒得早，還不穿鞋子就跑出來。」

「這樣怎麼行？很容易感冒的。」

「我剛剛還說她呢。」

——爸爸、媽媽……

是啊，五年級的時候，她的身體還很好，爸爸媽媽也一直像此刻一樣陪伴在她身邊，他們一起生活得很幸福……很幸福……

如果這是「真實」，那麼她之前「所夢到的一切」則都是「虛假」嗎？

一下子夢到若干年以後的事情？這種事……也太不可思議了吧？

那麼，此刻是夢境嗎？

「小忘？」

「……啊？」

「怎麼了？發什麼呆啊？」

「……不，沒、沒什麼。」

下一秒，她被一把抱了起來。身材高大的男人毫不費力的將她像個孩子一樣抱在懷中，徐徐的朝房間中走去，而後將她放在了床上，輕柔的拍了拍她的腦袋，「再睡一會兒吧，我們家的小公主。」說完，把大隻的玩具兔放到她身邊，又幫她仔細的蓋好被子。

「……」

——是爸爸的言語。

——是爸爸的行為。

——是爸爸的溫度。

——這真的是夢境嗎？

——未免也太過真實了吧？

「好了，睡吧。」

一隻粗糙而有力的大手撫過她的臉孔，她順從的閉上了雙眼，心中暗想，睡一下，她需要睡一下。

再次醒來的時候，恐怕就能見個分曉。事實會告訴她——究竟哪個是現實，哪個是虛幻。

約四個小時後，莫忘再次醒了過來。

與入睡前同樣的日期、同樣的年歲、同樣的身體，一切的一切似乎都在預示著——這才是真實。

她不知道自己到底是喜悅多了一點，還是失落多了一點。

經常看到有人說「如果一切重來，我會……」或者「如果我能預知未來，將能……」，聽的時候覺得好厲害，但當這種事情真的發生到自己身上，她卻完全不知道究竟該做些什麼或者改變些什麼。

一直以來的生活，真的沒有值得後悔的地方嗎？

不，很多，真的有很多。

但卻沒有哪一個會後悔到讓她覺得「需要捲土重來」的。

等等！她再次從床上跳下，快速的跑了起來。當然，這一次她記得穿上鞋子。

爸爸媽媽似乎都出門了，屋中靜悄悄的，莫忘很順利的跑進了儲藏室，裡面看起來有些凌亂，滿地都擺放著玩具，這裡是她的遊戲室。

兩隻熊娃娃之間，擺放著一個鐵質的餅乾盒，盒子沒有封上，所以可以很清楚的看到裡面裝著那顆閃閃發光的水晶球。

步伐急促的莫忘不自覺的放緩了腳步，待到近在咫尺時，彎下腰，指尖微顫的將其拿起。

不會錯的，的確是這顆水晶球沒錯。

如果說，這間儲藏室是一切的「起點」，那麼這顆水晶球就是打開一切的「鑰匙」。那一切的一切，都由它而衍生嗎？

按照夢中的預言，如果僅是為了健康的活下去，她只要打碎它就可以了吧？是這樣沒錯吧？可是……為什麼……手會顫抖得這麼厲害呢？

不行！手驀然鬆開。

小巧的水晶球一下子落到熊娃娃軟乎乎的肚皮上，輕彈了幾下，不動了。

莫忘抿了抿唇，沉默片刻後，轉過身走了出去。

不知不覺間，她盤腿坐在了陽臺上。正是春天，萬物復甦之時，此刻太陽已完全擺脫了雲朵的糾纏，高懸於天空之中，溫暖的日光灑落，驅散了所有人身上的每一絲寒冷。

身體暖洋洋的，心情似乎也漸漸沉澱、平靜了下來。

但莫忘依舊覺得有些茫然，那顆水晶球裡到底有沒有開始堆積她的「幻想」呢？如果有的話，坐視不理，它會一天天繼續壯大，總有一天會重蹈夢中的覆轍；但如果她當機立斷的將它打碎，是不是意味著……她變相的殺死了艾斯特、殺死了格瑞斯、殺死了賽恩、殺死了瑪爾德、殺死了艾米亞、殺死了……那無數無數的人呢？

雖然那些人可能並非真實存在，只是她所夢到的虛幻人物，但是……這種事情……

她低下頭，注視著自己白皙嬌嫩的掌心，五年級的她活得真的像個小公主，不需要自己做飯、不需要自己洗衣服、不需要自己打掃衛生，一切的一切都有人已經準備好，她只要快快樂樂的活下去就夠了。

這樣的生活……應該是幸福的吧？被這樣疼寵著。

但是，夢中那樣的生活，也未必是不幸福的。

她……究竟應該怎樣做呢？該怎樣選擇才是正確的呢？

——完全不知道啊。

她無比困擾的曲起膝蓋，雙手抱住它，再將腦袋用力的扎了進去，胡亂的蹭著。

「喂，妳在做什麼呢？」

「……」

熟悉而又格外顯得稚嫩的聲音，這個時候的阿哲還沒有經歷變聲期，聲音聽起來滿是清亮感，用圖圖的話說就是……嗯，正太的感覺。

沒得到回應的石詠哲接著問道：「喂，怎麼不說話？生病了？」

「……」

「喂？」

這個時候的少年……或者說男孩？已經開始欲蓋彌彰的不叫女孩的名字。

喂來喂去的，讓莫忘的心裡非常不、愉、快！

她猛地抬起頭，惡狠狠的瞪向某人——所以說，都是他的錯！

「……妳那是什麼可怕的眼神啊？」

「都是你的錯！」如果不是他突然彆彆扭扭的不理自己，怎麼會……雖然把一切錯誤歸結到他人身上是不正確的，但莫忘覺得自己此刻必須要有個正常管道來供自己洩憤！

「……我錯什麼了？」眼看著自家一直軟綿綿的小青梅突然變成了大老虎，男孩被嚇得連連後退，很沒有底氣的結巴回道。

「總之就是你的錯！」她一邊吼著，一邊噌的一下站起，再度吼道：「快向我道歉！」

「……對、對不起。」等等……所以說，他究竟為啥要道歉啊？

但是，就算得到了「道歉」又怎麼樣呢？

完全不會讓她更開心一點。

而且，某種意義上說，完全一無所知的阿哲也挺無辜的。

莫忘長嘆了口氣，再次坐下身，糾結的扯了扯自己的頭髮，在心煩意躁的情況下，她暫時不想搭理任何人。

少年……不，正太好奇而疑惑的注視著自家小青梅，心裡的小貓撓牆撓得那叫一個厲害，但他問不出口啊！

因為發育期還沒有到來的緣故，這時的正太還沒有跟小白楊似的抽條，比起小青梅只高了半個頭左右，經常性的運動沒讓這時的他身材顯得結實，反而有些瘦——健康的瘦。麥色的臉孔上，雙頰有點肉肉的，不能算「小圓臉」卻遠不像未來那樣隱約露出成年的稜角，眼睛卻顯得更大了。

簡單來說，現在的石詠哲完全是個「男孩」呢！

不過，有些地方似乎沒有隨著時間的流逝而改變。

他像小狗似的繞著莫忘走了兩、三圈，終於抑制不住內心的困惑：「咳！」

無視。

「咳咳！」

繼續無視。

「喂！」

莫忘的額頭跳出幾根青筋，已經重新習慣被這傢伙稱為「小忘」的她再聽到這種詭異的叫法，忍不住心頭就冒出一把火：「我不叫『喂』！」

「……」正太哲瞠目結舌，好可怕啊……所以說，兔子為什麼會突然變成老虎啊？真是太不可思議了。

「你到底有什麼事？」

「……」被壓倒了！正太哲的氣勢完全被壓倒了，他囁嚅問：「妳是不是心情不好？」

「呵呵。」

「……」這時「呵呵」二字還沒有被選為最具嘲諷性的詞語，但石詠哲還是覺得渾身不自在，他默默的抖了抖，「誰、誰欺負妳了？」

話一出口，他又覺得哪裡不太對，憑她現在這副霸氣無匹的模樣，真的有人能夠欺負她嗎？怎麼看都是被她欺負吧。

「沒有人欺負我。」

「那妳怎麼……」

莫忘嘆了口氣，突然說：「對不起。」

「啊？」正太哲呆住，這都是什麼跟什麼啊？小青梅的心情變化得太快，以至於他完全抓不住方向。

「我心情不好，不該對你發火的。」因為心靈始終處於不安的飄蕩中，所以情不自禁的就還怒了。莫忘抬起頭，認真注視著自家看起來還很粉嫩的小竹馬，「對不起。」

他有點結巴的回答說：「沒、沒事。」

氣氛一時之間再次沉寂了下來。

雖然和她相處時還是會不好意思，但不知道為什麼，總覺得現在的她好像有哪裡變得不太一樣了。一種……距離感？這讓石詠哲覺得無所適從，心情也更加矛盾起來。一方面因為一看見就會激蕩的心情而下意識的想躲避她，另一方面又不想被她甩下太遠。

當然，這樣的想法現在的男孩自己完全不明白，只是覺得很糾結，非常糾結。

片刻後，他終於鼓起勇氣問出一句：「我……我有沒有什麼能夠幫妳的？」但是，現在的她真的還需要自己的幫助嗎？

莫忘愣了愣，她抬起頭注視著對方雖然有些躲閃卻很真誠的目光，沉默了一會兒，在對方幾乎要「落荒而逃」前，伸出手說：「握手！」

「……啊？」

「快一點。」她晃了晃手掌，「不是說要幫我嗎？」

「這、這和握手有什麼關係啊？」他的臉孔開始發熱，額頭上浮出大顆大顆的汗珠。

「少囉嗦啦！我們不是從小牽到大嗎？你到底彆扭些什麼啊？難道說上廁所沒洗手？」

「……誰上廁所沒洗手啊！」炸毛！

手掌相觸的瞬間，莫忘下意識瞇起了眼睛。

——很暖和。阿哲手心的溫度。

——這個世界，果然是真實的吧？

——如果是虛假的，怎麼可能會有這麼逼真的觸感呢？

她開始漸漸相信，之前的一切，都是她所做的一場堪稱「荒唐」的夢境吧？

總有一天，她會把它忘記，然後繼續好好生活下去，是這樣沒錯吧？

還有什麼不滿足呢？

之後的日子，如流水般滑過。莫忘正常的過著每一天，就像她曾經所生活過的那樣——疼愛自己的父母、喜愛自己的鄰居、經常鬧彆扭的小竹馬、友愛的班級同學……

沒有什麼超越現實的現象。

也沒有什麼不按常理出牌的人。

一切都是這樣自然。

一切都是這樣和善。

一切都是這樣美好。

以至於，時常會讓她有種「這一切」不真實的感覺。

還有就是，不知是出於什麼原因，她已經很久沒有進過儲藏室了，有好幾次走到門口，卻又下意識停住了腳步，猶豫了很久，最終還是放棄。

總覺得……

現在的她，平靜的接受了這種生活的她，已經無法……或者說，沒有資格再將那扇門打開了。

直到某一天——

當莫忘回到家時，發現儲藏室的門居然大開著，她心中驀然湧起一股不祥的預感。

「小忘回來了啊？」

「媽媽……那個房間……」

「哦，我看妳現在都完全不玩裡面的玩具，就把東西打包好，讓妳爸爸拿去捐了。」

「……捐出去？」那麼，它……

「是啊，反正妳也不用了，拿出去幫助別人也很好啊。怎麼了？裡面有什麼妳特別喜歡的東西嗎？」

「……」

「乖，等爸爸回來讓他帶妳去買新的好不好？」

「……」

「小忘？妳跑什麼？小忘？？？」

在反應過來之前，莫忘已經丟掉了書包，飛速的奔跑起來，她跑得是那樣快，彷彿能與風比肩。不一會兒，她便到達了社區門口的捐獻攤。

——在那裡！

莫忘跑上去一把奪過男人手中的紙盒，蹲下身將其打開急切的搜索起來，到最後，索性將箱子整個都傾倒。

——沒有！

——沒有！

——還是沒有！

——在哪裡？

——究竟在哪裡？

「小忘，妳怎麼了？」莫霖被女兒的舉動嚇了一大跳。

「水晶球呢？爸爸，我的水晶球呢？」

莫霖露出恍然大悟的表情，「哦，那個啊。」

「你看到了？在哪裡？」

「妳媽媽收拾東西的時候不小心把它打碎了，我待會帶妳去買個新的好不好？」

「……碎了？」

莫忘猛地愣住，如同被什麼擊中了般，腦袋嗡嗡作響，耳中聽到的聲音恍恍惚惚，彷彿是從很遠很遠的彼岸傳來，卻完全不知道那些字眼究竟有著怎樣的涵義。

理解力什麼的似乎在得知水晶球碎掉的那個瞬間就消失了。

——碎掉了……這是不是意味著……

——艾斯特他們全部死掉了？

——這種事情……這種事情……

——不要！！！

在其他人驚愕的目光中，跪坐在地上的女孩突然聲嘶力竭的大哭出聲。

她不要！

這不是她想要的結局！

在這一秒，她真正的明白了，也真正的做出了選擇。

像現在這樣平淡而正常的生活也許的確是美好的，但卻不是她想要的。原來從頭到尾，她都比自己所想的要幸福得多，她的人生根本就沒有什麼值得去後悔的地方。

所以……

——不要死！

——不要死啊！

——不要從我的生命中消失！

哪怕最終她注定要死去，那些美好的相遇與相處也不會因此而褪色。

她的人生已經夠完美了，她不想要任何改變。

所以……所以……

「那一定不是夢，這才是！！！」

★◎★◎★◎★◎

在她喊出這句話的瞬間，彷彿有什麼障壁被打破了，周圍的人與物突然靜止了下來，緊接著，如同被火點燃的灰敗殘卷般隨風消散。

當這一切結束後，莫忘發現自己身處一個渾然潔白的世界中。

她抬起頭，發現一顆白色的水晶球，它很大，看起來約有正午太陽般大小，也與太陽一般高高的懸掛於遠方的空中。

而她的手中，正執著一張銀色的長弓。

——這個是……

無須開口，無須詢問，她已經明瞭了這個世界的寓意所在。

她能感覺到，手中的弓箭足以將那顆水晶球射穿。

她能感覺到，那顆水晶球正在吸收著她的魔力。

但這又怎麼樣呢？

莫忘笑了笑，哪怕是自己創造出來的世界，她也無法否認那些人的存在，艾斯特也好，格瑞斯也好，賽恩等其他許許多多的人，甚至魔神，他們都是活生生的生存於世的。而從他們獲得生命的那一刻起，就已經自由了。

所以，無論是誰，都沒有資格去剝奪他們的生命。

像現在這樣就很好，已經沒有什麼值得後悔的地方了。

一個世界和她自己。

能做出的選擇永遠只有一個，所以——

她低下頭，注視著手中似乎具有毀天滅地之力的弓箭，抬起手，決定將它遠遠的丟開。

就在此時，一個溫暖的軀體突然自背後緊緊的擁抱住她。莫忘怔住，她想要回頭，卻彷彿被控制了身體般無法動彈，也無法說話。只是，這溫度很熟悉……很熟悉……

這個人是……

她努力的張了張口，想要說些什麼，在發現自己終於能夠出聲的那一瞬，卻驚愕的看到自己被另一隻大手包裹著的手居然不受控制的舉了起來，搭弓拉弦，隨著這動作，一枝閃爍著耀眼白光的箭矢出現於其中，箭的尖端，正對準那顆堪比太陽的白色球體。

「不要……」這是怎麼了？她不要這樣！

「對不起……」自身後緊抱住她的人在她耳邊喃喃低語，「哪怕知道妳會恨我……哪怕知道無數人會因此死去……我只想妳活下來。」

「不要……」這不是她所想要的結果！

她的手指正一點點的鬆開弦。

「一切的罪惡與因果由我來承擔。」

「不要……」這種事情……

「徹底忘記這一切，然後按照妳心中所期待的那樣，平靜的活下去吧。」

「不要……」不對！不是這樣的！也許潛意識裡的確有這樣的想法，但她最終的選擇卻不是這個！

她指尖微微顫抖，終於無法將繃緊到極致的弦扣住。

「我愛妳。」
「……」他……
徹底脫離了控制的白色箭矢如同疾風般飛射而出。
「不要！！！！！！！」
「到此為止了！」
隨著這樣一句話，疾射而出的箭矢被一隻白皙而修長的手憑空抓住，下一刻，那手指微微用力，箭便化為點點白光，於空中消散無形。
身後的人影突然消失。
從束縛中「解脫」的莫忘，渾身無力的跪倒在地，怔愣的注視著突然出現在自己眼前的人，好半天才回過神來，「黃泉表姐？」
「小忘。」即使黑髮高束起來依舊長度及腰的女子，對著莫忘露出一個乾淨而親切的笑容，招呼道：「好久不見。」
莫忘：「……」總覺得微妙的弄錯了重點。表姐為什麼會在這裡？她為什麼能捏碎箭？她……疑惑太多，以至於一時之間甚至不知道該從何問起。
這時，那位有著一頭漂亮長髮的女子已經走到莫忘的面前，她身穿樣式簡單的白色襯衫與牛仔褲，腳踏黑色馬丁靴。她像騎士一樣帥氣的單膝跪下，伸出手，溫柔的摸了摸莫忘的臉，問道：「怎麼了？有哪裡不舒服嗎？」

「不……沒有……」莫忘終於回過神來，「黃泉表姐，妳怎麼會……」

「這要問她才對。」夏黃泉無奈的嘆了口氣，突然轉過頭，朝著一旁空無一人的地方喊道：「別藏了，出來。」

「……」

「我知道妳在那裡。」

對著空氣喊話無疑是很蠢的舉動，但莫忘一點也不懷疑自家表姐的話，原因無他，夏黃泉天生有著超越常理的直覺，所以很少人能在她面前撒謊，被向來毒舌的綠表姐評價為「是雖然蠢卻很難被拐的類型」。

果不其然，下一秒，空氣驀然泛起了某種水紋般的波動。

緊接著，一位身著淺藍色過膝毛衣裙的女子詭異的從虛無中鑽了出來，她披散的髮絲剛剛及肩，髮質很好，散發著幽黑的漂亮光澤。甫一出來，她就「哈哈哈」的一陣乾笑，「咳咳咳，小黃泉妳還真是厲害啊。」

「湯、湯表姐？」莫忘呆了，為什麼這位也……

「真是的。」女子彎下腰捏了捏莫忘軟呼乎的小臉，「為什麼叫小黃泉『黃泉表姐』，叫我就叫『湯表姐』啊？」

夏黃泉瞥她一眼，「不然呢？叫妳湯姆姐？」

湯慕：「……」有個坑爹的名字傷不起啊！TAT

「那個……」果然是她的兩位表姐沒錯，但最大的問題是，「妳們怎麼會在這裡？」

的射出去了，妳就等著小忘眼睛哭瞎吧。」

「問她。」

「咳咳，小黃泉，妳似乎對我怨念很深啊……」

「妳剛才差點玩過火了知道嗎？」夏黃泉毫不客氣的給了某人一個白眼，「要是那箭真的射出去了，妳就等著小忘眼睛哭瞎吧。」

「……噗！」

「有什麼好笑的啊？」

「不不，我是想小忘這個年紀還能被稱為熊孩子吧？熊孩子哭瞎……熊瞎子，噗！」

夏黃泉與莫忘同時額冒冷汗。

這麼冷的笑話都能笑得這麼開心，不愧是被綠表姐評價為「智商永遠在不斷刷新下限」的湯表姐。

「不過沒事啦！事關我們家小忘，怎麼可能沒保險呢？」湯慕一邊說著，一邊輕彈了下手指，原本懸掛在天空的那顆水晶球驀然碎裂。與此同時，在它旁邊不遠處，另一顆宛如太陽般的球體顯露出來，「剛才那個只是幻覺造出來的假貨，就算被射中了也沒關係的。」

夏黃泉愣了一下，但很快就反應了過來，「姐夫做的？」

「嗯，是啊！」

莫忘也呆了，湯表姐的老公——也就是姐夫，名叫「傑瑞特」。聽名字就知道，他是個外國人，雖然有著和她們一樣的黑色頭髮，卻有著一雙非常漂亮的藍色眼眸。不同於艾斯特與賽恩，他的眼睛宛如湛藍色的大海，一眼望去只覺得深邃，又像是距離地球幾十萬光年的星辰，格外神秘。

因為長相很英俊的緣故，湯表姐的爸爸一直對他很不放心，理由是——我女兒這麼蠢……不對，是可愛！萬一被這個小白臉欺騙了怎麼辦？！

不過莫忘覺得那純屬杞人憂天，因為在她看來，姐夫是個相當沉默的人，雖然偶爾落在他們這些家人的眼神很柔和，但他幾乎將全部的目光投注到了湯表姐一個人的身上，有時看著看著甚至會微笑起來。這麼溫柔的人，怎麼看都不像會騙人的樣子。

湯表姐對此很得意，有幾次還說：「我家傑瑞特其實是魔法師哦！超厲害的！」

當然，當時她壓根不信。

但是！

這居然是真的？？？

而話又說回來，她自己都弄成這樣了，還有資格管別人是不是正常嗎？

她才回過神，就見她家湯表姐正雙手捧腮，頗為陶醉的左晃右晃道：「帥呆了吧？」

夏黃泉：「……」

莫忘：「……」

——現在不是發花痴的時候吧？表姐！X2

「這到底是怎麼回事啊？」大概是因為有親人陪伴在身邊的緣故，莫忘很快從剛才的各種驚訝中冷靜了下來，問出了關鍵點所在。

「就是說……」湯慕遠目，「小黃泉某天掐指一算，直覺妳似乎遇到了麻煩，然後我就和她一起來看看，沒想到發現妳差點玩完了。」
莫忘：「……」這是什麼奇葩的說明啊喂！
「居然僅憑想像就創造了一個世界，妳是想做新世界的神明大人嗎？」
莫忘：「……」誰想做那種可疑的東西啊？
「於是，為了保護我們心愛的小表妹，我唯有伸出熱情的雙手，緊緊的……」
「妳閉嘴！」夏黃泉的額頭跳出幾根青筋，「還是我來說吧。」讓這傢伙來說不知道何年何月才能搞定。
「我們來時，發現妳被關進了幻想中的世界，於是便把妳救出來。當然，這事情主要是姐夫出的力。」事實上，夏黃泉對劃破空間相當嫻熟，當年就是憑此把她救出的姐夫也壓根沒花多少力氣。稍微停頓了一下後，她接著說道：「但是，之後妳一直昏迷不醒，姐夫說，這是因為妳自己不想醒。」
「我自己……不想醒？」
「嗯。」夏黃泉點了點頭，「是內心還在猶豫吧？」她伸出手拍了拍莫忘的頭，「沒什麼好丟人的，每個人每一天都面臨著各種各樣的選擇，但不管需要耗費多長時間，最終都會得出結論。妳和我們一樣，永遠不會讓自己後悔。」
莫忘愣了愣，隨即也笑了起來，「嗯！」
「因為擔心妳沉睡太久會出問題，所以姐夫出手，用妳的潛意識構築了一個夢境。」
「夢？」這麼說，剛才的一切果然是……

「嗯，這裡是夢境的最後，也完全是屬於妳的『小世界』。不過，既然能站在這裡，就說明妳已經真正的做出了選擇，是這樣沒錯吧？」

莫忘點了點頭，但緊接著又疑惑了，「如果這裡是我的夢境，那麼剛才他怎麼會……」怎麼會出現在她的夢裡，還做出那樣的事情？難道說……她潛意識裡希望有人能強迫自己做出那樣的事情，這樣就不需要背負罪惡感？這種事情……

「別想太多。」向來是直覺派的夏黃泉很快就體察了自家表妹的想法，搖了搖頭，「那的的確確是那個人的意識。」

「啊？」

「這個夢境，測試的不僅是妳自己的選擇而已。」

「啥？」

看著自家小表妹呆萌呆萌的表情，夏黃泉惡趣味的瞇起眼眸，做了個噤聲的手勢，「這是個秘密！」

「……喂！」也太過分了吧！TAT

「妳以後自己去問他吧。」

這種事情由她說破總歸是不好的。

說到底，只有「對她的思念」強到了某種程度，才可能打破一切進入小忘的夢境。而最後，那個人做出了那樣的選擇。

雖然殘忍了點，但是……怎麼說呢？

毀滅世界只為讓一個人活下去，這種事她夏黃泉是絕對做不出來的，可很不巧的，她圈養的某個壞蛋偏偏就是這個類型的人。不能接受，卻能夠理解，說的大概就是這回事吧？

但毋庸置疑，那個人對於小忘的心意是無可指摘的。

而且，說到底這是他們之間的事情，她不可以插手太多。頂多是如果將來誰做了對不起小忘的事情，就拿他的頭來當球踢！

「嗚哇！」湯慕抱住手一抖，「小黃泉，妳想什麼呢？渾身寒氣直冒的，超可怕，妳上輩子是北極熊吧？」

夏黃泉：「……」無論什麼時候，只要湯表姐一說話，什麼氣氛都沒有了好嗎？！

「哇，更冷了。」

「那是因為我有、點、想、揍、妳！」捏拳。

「黃泉表姐，冷靜點！」莫忘淚流滿面，她家夏表姐什麼都好，就是力氣有點大，她曾親眼看過表姐輕輕一拳就把鐵製防盜門打通了啊啊啊！湯表姐要是被揍上那麼一下……絕對會死的！會死的！

「妳還是去揍妹夫吧。」湯慕果斷的禍水東引。

「他沒空。」夏黃泉輕哼了聲，別過頭。

「啊？怎麼了？」

「在晾衣服。」

湯慕連連點頭，「哦，對，你們家的衣服的確是他洗。」

「不是那個意思。」

「那是？」

夏黃泉輕哼了聲，「我把他掛晾衣杆上了。」誰讓那傢伙又惡趣味發作，居然……哼！

湯慕：「……」

莫忘：「……」

沒錯！黃泉表姐的老公，也就是商姐夫，常年受到可怕的「家暴」，但值得敬佩的地方在於——他每次被揍後都笑咪咪的，看起來別提有多開心了，簡直就像綠表姐所說的「被不虐不痛快的抖M附體」，說完這句話後沒多久，綠表姐拉了三天的肚子，她堅稱是一時不慎「上了某笑面虎的當」。

但莫忘總覺得，笑容溫和純淨的商姐夫怎麼看也不像會做這種事的人，再說，要不是他脾氣好，怎麼可能受得了夏表姐三天兩頭的暴揍。

這份包容力，如果非要用一個詞來形容，那無疑是——真愛。

必須是真愛！

「所以說——」湯慕嚴肅教育自家小表妹，「以後找男人一定要找個耐打的！」

莫忘：「……」哪裡不對吧喂？！

夏黃泉也不甘示弱的繼續教學：「是找個不那麼容易惹禍的。」

莫忘：「……」這算是互相攻擊嗎？

就在兩名女子用眼神殺得你死我活之際，湯慕突然一拍額頭道：「啊，差點忘了。」一邊說著，她一邊從手中拎著的白色小皮包中摸出三、四個約有巴掌大小的黑色水晶瓶，送到莫忘的面前，「小忘，這個給妳。」

莫忘好奇接過，小心翼翼的晃了下裡面的液體，問：「這是什麼？」

「傑瑞特配的，說是每天喝一湯匙可以快速恢復精神力。」

「哎？」這個意思是……

「就是說，定期服用的話，可以完全解除妳現在的困境。」

「……」這種事情……真的可能做到嗎？

「安心吧！」雖然腦子稍微有點脫線，但湯慕還是很快發覺了女孩的心思，她大笑著勾住自家表妹的肩頭，用開朗陽光的語氣說：「我還讓他幫忙調節了一下妳和那個世界的關係，簡而言之，它以後不僅不會再吸收妳的精神力，還會定期將自行衍生出的多餘魔力回饋給妳，再過個幾百上千年，妳估計也能立地成聖啊！嗯，前提是還沒死。」

莫忘：「……」不死才怪吧？那是要做老妖精的節奏嗎？

「總之！」湯慕伸出手，一把將坐在地上的莫忘拖了起來，「以後的日子裡，妳什麼都不用擔心，盡情享受生活吧！」說完，她另一手勾住夏黃泉的肩頭，「有表姐們為妳保駕護航呢！」

好像什麼都不用懷疑了。

強烈的自信注入莫忘的心中，驅使她用力的點頭，「嗯，好！」

三人妳看看我，我看看妳，不約而同都笑了起來。

歡樂的笑聲讓這個沉寂的世界都變得生動了不少。

就在此時，夏黃泉突然皺了一下眉頭。

「怎麼了？」湯慕問。

「好像綠表姐那邊……」夏黃泉不太確定的說。

「終於輪到她了？」湯慕雙手抱臂，「哼哼！我就說，怎麼可能只有我們這麼倒楣。」

「喂，幸災樂禍可恥啊。」莫忘扶額。

湯慕點頭，「總之，去看看吧！」

夏黃泉應道：「嗯。」

「那我……」莫忘也很擔心綠表姐，雖然她說話稍微……不，是很毒，但她們這些表姐妹間的關係都是非常好的。

「妳不用急，先把手頭的事情處理好吧。」

「嗯，有我們在，安心啦。」

說完，兩名突然出現的女子又突然消失了。

潔白而空洞的世界中，再次只剩下莫忘一人。

但是，已經沒有什麼好害怕了。

這裡是夢境的終點，卻不是她人生的終點，她想要去的地方，要更真實、要更溫暖、要更讓人期待。

她要在那裡一直生活下去。

如此想著的莫忘深吸了一口氣，微合上眼睛，在心中默唸：我要回去。

所以她聽到了，有人在自己耳邊說——

「歡迎回來。」

莫忘微笑著睜開雙眸，注視著近在咫尺的人，放棄了所有矜持似的撲上去將對方緊緊抱住，「嗯，我回來了。」

這，才是她的終點。

第七章 魔王陛下的勇者喜歡魔王

就像從一場長夢中醒來，抖落了滿身的塵土，卻又隱約察覺到某種類似於「劫後餘生」的疲累。

「小忘？」

朦朧間，莫忘睜開霧濛濛的雙眸，稍微發了一下呆後，才有些囧然的發現——不是像從長夢中醒來，而是真的從夢中醒來。

四周一片潔白，空氣中有濃濃的消毒水味道，毫無疑問，這裡是醫院。

「我討厭醫院。」

石詠哲一陣無語，從那種危機中醒來，她想說的就只有這個嗎？說好的「感人至深的重逢」呢？好吧，也沒人和他說好這個。

「更討厭你。」

「……喂。」邏輯在哪裡？死了嗎？

莫忘沒搭理他，只是別過頭發出了一聲輕哼。

「我也是擔心妳，才把妳帶過來啊，而且妳的確有點營養不良。忍耐一下吧，最多明天我就帶妳回去好嗎？」

「哼。」

石詠哲開始努力討好自家小青梅：「……有沒有什麼想吃的東西？我買給妳啊。」

「哼。」

「暑假我帶妳出去玩怎麼樣？」

「哼。」

「……」小竹馬抓狂的揪頭髮，正式告敗，「妳到底想怎樣啊？」

「哼！」

石詠哲吐血：「我得罪妳了嗎？」

「病人」一把蒙住被子，以自己的動作乾淨俐落的回答了某人的問題。

心中悲傷逆流成河的少年淚流滿面，喃喃低語：「女人果然善變……」明明睡著了跟個小天使一樣，讓人情不自禁的想伸出手一戳二戳三戳，結果醒了就變成女霸王……

這句話不說還好，一說，莫忘頓時怒了。她也不管自己還在打點滴，只坐起身，毫不客氣的伸出腳給了某人的臀部幾個大腳丫子！

踹！

還踹！

繼續踹！

可憐的石詠哲被踹得一個踉蹌，差點狗吃屎倒地，他狼狽的一手捂著臀部躲開，很是無奈的問：「妳做什麼啊？」

「哼！」

被一而再、再而三的欺負，小竹馬嚴重抑鬱了！一抑鬱他就怒了啊！

「所以說，妳到底在生什麼氣？」

回應他的是一個惡狠狠的瞪視。

石詠哲：「……」誰怕誰啊？回瞪！

兩個人跟鬥雞似的互瞪了片刻後，石詠哲這傢伙終於反應了過來，明白妹紙到底是為什麼在生自己的氣。可是不明白還好，一明白他瞬間尷尬了起來，默默別過頭，連看都不敢再看妹紙一眼。

「你心虛了。」莫忘犀利的一針見血。

「我才沒……」好吧，他真的心虛了。

「果然心虛了。」

「……」

一看他不作聲，莫忘更怒了，她一把拔掉手上的吊針，在正想阻止自己的少年反應過來之前，單手提起他的領子，將其一把按倒在床，抬腳就騎到了他的肚子上。

「……喂！快起來啊！這個姿勢也太……」曖昧了吧？

臉紅、臉紅、臉紅……

額頭跳出青筋的莫忘低頭就給了他一個頭槌！

「這種時候你還敢胡思亂想？快給我老老實實的承認錯誤！」

「……」扭頭，「我錯了。」

「給我誠懇一點！」拍！

石詠哲捂臉，「我錯了……」這種心猿意馬的情況讓人怎麼誠懇得起來啊？

「之前不是裝得很帥氣嘛？現在裝什麼龜孫子啊？」又是一記頭槌，心情非常不美妙的莫忘索性非常不溫柔的收拾起某人，「說話啊！說啊！你給我說啊！」

石詠哲：「……」救命！光阻止她打臉就費盡力氣了好嗎？哪裡還有工夫說話啊！

好在，女孩這種可怕的「暴行」並沒有持續多久，很快的，她就微喘著氣停了下來——沒辦法，身體剛剛恢復，劇烈「運動」什麼的真心有點勉強。

動作停下來，她的話卻沒停下來，咬牙道：「哪怕知道我會恨你也沒關係？一切罪惡由你來承擔？然後我就平靜的活下去？」那是人說的話嗎？！

「……」

「說啊！我忘記一切，我心安理得的活下去，你就滿足了嗎？」

「……」石詠哲垂下眼眸，「嗯。」

「撒謊！」沒人比她更瞭解這個人。

石詠哲這傢伙其實非常心軟，心軟得不得了，到底是怎樣的執念讓他做出這樣的抉擇？這並不代表他是一個忽視生命的人，恰恰相反，他比誰都要重視生命。

那麼，即便他可以成功「救」了她，即便她可以順利「活」下去，又有什麼意義呢？

他必然會背負巨大的罪惡感，也許很快就會被壓垮，也許……他根本就無法再見到她了，因為只要一看見，就會想起那種沉悶得讓人幾乎喘不過氣的「過去」，而忘記一切的她卻無知無覺，繼續微笑生活著。

這種事情……他都已經做好了準備嗎？

「蠢蛋！」

「目空一切的蠢蛋！」
「自說自話的蠢蛋！」
「自以為是的蠢蛋！」
「蠢蛋！蠢蛋！！蠢蛋！！！」
都已經造成了那樣的結果，她怎麼可以「幸福」的活下去？把一切的「壞」都交給他，再將一切的「好」掠奪過來。那樣，也太不公平了。
「別哭。」石詠哲抬起手臂，指尖溫柔的撫過她的臉孔。
「誰哭了啊！」莫忘凶巴巴的喊。
石詠哲嘆了口氣，臉孔很快被大顆大顆砸落的「金豆子」弄濕了，有幾顆水珠落到了唇邊，他伸出舌頭舔了舔，鹹的。
「明明就是在哭吧？」
「閉嘴！」
石詠哲再次嘆了一口氣，單手撐在身後坐了起來，另一隻手將莫忘的腦袋壓在自己的心口上，「是、是，沒哭。」明明哭得跟個淚人似的，還這麼嘴硬，究竟像誰啊？
「本來就沒哭！」莫忘嘴硬。
「嗯，嗯。」
莫忘罵他：「你蠢蛋！」
「是，我蠢蛋。」

「豬頭！」

「……嗯，豬頭。」

「白痴！」

「……是、是。」

接下來的時間裡，不管女孩說什麼，少年都是「是是是，好好好」，竭盡全力的討妹紙歡心。事實證明，他的行為是卓有成效的！

沒過一會兒，莫忘就收住了淚，卻遲遲沒把頭抬起。

不是「留戀他胸口的溫度」之類噁心的理由啦，而是……好丟人！自己嘴裡說著「沒哭沒哭」，結果真的哭出來了好嗎？肯定會被笑的！絕對會被笑的！嗚！

石詠哲沒有體會到小青梅的小小心思，但是就算知道了，估計他也會喊句「按讚」吧？因為現在這種狀況明顯是他在「占便宜」嘛，還有什麼比抱著軟軟香香暖暖的妹紙更幸福的事情了？必須沒有！

——啊，終於理解為啥老爹沒事的時候總攬著老媽窩在沙發上秀恩愛了。

——這麼看來，老爹真是「人生贏家」無疑。

就在兩人各自懷著小心思，氣氛一時僵持時，病房的門突然「吱呀」一聲開了。

「小忘，我來幫妳換點滴……咦？」穿著護士裝的張姨推門而入。

莫忘：「！！！」

石詠哲：「……」

「啊，對不起，打擾你們了。」

門關上。

莫忘：「……」是不是誤會了什麼？TAT

石詠哲：「……」老、老媽……＝＝

就在此時，門突然又開了，虎著臉的張姨衝了進來，「小忘的點滴是怎麼回事？為什麼還有那麼多？」再一看，「拔掉了？臭小子！是不是你幹的？」拍！

少年那叫一個冤，他真的什麼都沒有做好嗎？他再扭頭一看，真正的「罪魁禍首」正抱著被子裝睡——

莫忘：「……」嗯，什麼都和她沒關係……沒關係……

石詠哲：「……」裝得一點都不像好嗎？誰信啊！

「噓，小聲點，別吵到小忘了。」

石詠哲：「……」媽，妳居然真的信？！

護士媽媽手腳俐落的幫女孩重新更換了針頭，順帶將新帶來的點滴掛到了鐵架子的上面，輕聲對自家蠢兒子說：「等那瓶完了幫她換下。」

「嗯。」

「還有……」斜眼懷疑看。

石詠哲：「……」媽，妳那是什麼奇怪的眼神啊？！

「別趁小忘睡著了就做些奇怪的事情，就算暗戀也不可以！雖然你爸爸可能會支持你，但我會鄙視你。」

石詠哲：「……」這麼直白說出老爸的猥瑣真的沒問題嗎？

而且……床上這傢伙明顯還醒著啊！暗、暗戀什麼的……人艱不拆（注：「人生已經如此的艱難，有些事情就不要拆穿」的簡化詞）啊！TAT

狠狠補完刀的張姨轉身離開，徒留下少年默默撞牆。

——死了吧……

——果然還是死了算了吧……

——暗、暗戀什麼的……

——呵呵，反正都收過了「好人卡」啊、「親人卡」啊、「哥哥卡」啊，再收一張也……也……不要啊！

——完全不想再要了好嗎？

——這種時候，果然只能祈禱這傢伙真的睡著了嗎？

小竹馬滿懷著希望偷眼去看，卻發現女孩正淡定的回視自己。

石詠哲：「……」

這個令人絕望的世界……

片刻後，莫忘驀然扯起嘴角，皮笑肉不笑的說：「我隱約記得，那一大段耍帥的話後，有人似乎還說了點什麼。」

「……」

「是什麼來著？」

「…………………………………………」

省略號完全不夠代表少年內心的無語程度。

「嗯。」莫忘摸著下巴，「好像是『我討厭妳』？」

「喂！」完全不是好嗎！不對，是完全相反好嗎！

「那是？」

「是……」

「是？」

「咳咳咳。」猛咳嗽——說、說不出口呀！雖然已經成為「公開的小秘密」了。TAT

「……」莫忘鄙視看向敢做不敢當的某人，「不就是暗戀我，有這麼難承認嗎？」

石詠哲：「……」吐血！別這麼……這麼「隨意」的說出這種重要的話啊！他有種一直珍藏著的寶貝被丟到地上踩踏的錯覺。

「你以前為什麼不告訴我？」莫忘坐起身，單手托腮，很好奇的問。這可真不能怪她不知道，他不說，她又怎麼會知道呢？

「……」那種話怎麼說得出口啊！他又不是她……不，這麼想完全不覺得安慰，反而覺得丟人啊！石詠哲紅著臉扭頭，「囉、囉嗦！」以抱怨的話語掩蓋自己的尷尬與羞澀，但很顯然，效果很差勁。

莫忘瞬間肯定了一點，「完全不是我的錯。」
「？」
「被你以這個態度對待，完全沒發覺絕對不是我的錯。」
「……」
「怪不得石叔說你『注定單身一輩子』。」
石詠哲：「……」人艱不拆……話說他這算是變相的被拒絕了嗎？是嗎？果然是吧！
「什麼時候開始的啊？」
「什麼？」
莫忘追問：「你暗戀我多久了啊？」
「……」石詠哲呆住。
「來來來，說給我聽聽。」
「……」
「怎麼不說話？」
「妳夠了！」石詠哲頭頂都冒煙了，「為什麼妳可以毫無羞恥心的說出這種話啊？！」
「又不是我暗戀，我羞恥什麼？」
「……再見！」再待下去，他非被氣死不可啊混蛋！
「別呀。」莫忘連忙一把拉住某人。咳咳，可千萬不能讓這傢伙跑掉，否則估計就難以抓到了。為了再加上一層保險，她默默威脅之：「千萬別亂動啊，我手上還插著針。」

石詠哲：「……」扶額，「反正妳就是吃定我了吧？」

「嘿，誰讓你……唔！」

小竹馬一把捂住自家小青梅的嘴巴，額頭上跳出幾個青筋，「閉嘴啦！」這傢伙就跟抓住了他的把柄似的，時不時就要亮出來欺負人，真是太惡劣了！

女孩笑彎了眼眸，對少年眨了眨眼睛，憑藉著力氣大的優勢，居然硬生生的把這傢伙的手掰開了，「我知道了。」

「……妳又知道什麼了？」他完全不想知道好嗎？

「是從你不搭理我的時候起吧？」

「……」她到底是有多在意這問題啊！

「果然是。」

「……」所以說，她為什麼這麼肯定啊？！

「你真是弱爆了。」莫忘嘆了口氣，鬆開石詠哲的手，抱住被中曲起的腿，「我那時候還以為你很討厭我，傷心了很久呢。」結果理由居然這麼坑爹嗎……這傢伙還真是早熟！不是說男生的心理成熟要更晚嗎？太詭異了喂！

石詠哲沉默了片刻，低聲道歉：「……對不起。」那時候畢竟年紀太小了，沒辦法好好理清楚自己的心情，所以才做出了那種愚蠢的舉動，還差點導致了難以挽回的嚴重後果，實在是……「都是我的錯。」

「也是沒辦法的啦。」她搖了搖頭，「如果換個立場，我也未必能比你做得更好。」大概也會躲躲閃閃吧？

「……嗯。」

莫忘突然小手一揮，很女王氣勢的說：「好了，你可以走了。」

「啥？」石詠哲此刻心中宛如有萬隻羊駝奔騰，頗有點「褲子脫了就給我看這個」的糾結——話都說到這裡了，結果讓他走人？開什麼玩笑啊喂！

「你不是一直想走嗎？不攔你了。」

「……」黑臉，「妳耍我嗎？」

「怎麼會？」無辜看。

女孩的表情看起來純潔極了，以至於某個瞬間少年覺得自己在無理取鬧。但很快，他就抓住對方搖搖晃晃的「狐狸尾巴」。

「妳果然是在耍我吧！」偷笑什麼的……

「沒有呀。」她下巴磕在膝蓋上，眨巴眨巴著眼。

她就是欺負定他了吧？小竹馬鬱悶了，憂傷了，又想吐血了，這種情緒讓他又有點怒，這一怒，有句話就自然而然的吐出來了：「既然妳都知道了，至少給個答覆吧？！」

這話一出口，他頓覺糟糕。不妙啊，不妙啊！俗話說的好，沒有消息就是最好的消息，她沒答覆至少說明他沒被拒絕，一旦答覆……好人卡、朋友卡、親人卡什麼的，妥妥的啊！

可惜，世間沒有後悔藥，還沒等他想出個點子把這句話吞回腹中，女孩已經重複了他的話語——

「答覆？」

「……嗯、嗯。」果然要死了嗎？這無疾而終的初戀啊……

話又說回來，即便被拒絕了，難道他就能停止喜歡她嗎？似乎很難很難。不管從哪種意義上來看，他都注定悲劇了。果然，他家老爸說的沒錯——人生魯蛇無疑！

「答覆啊……」莫忘摸下巴，「你確定自己想知道嗎？」

「……」其實他一點也不想……不，還是有一點想的，這「一點」源於那麼「一點」僥倖心理，但話又說回來，這種時候能說得出退縮的話才怪吧？他唯有硬著頭皮點頭，「嗯，說吧。」讓暴風雨來得更猛烈些吧！TAT

「真的？」

「嗯。」石詠哲一咬牙，點頭。

「你確定？」

「是啊！」

莫忘壞笑：「你真的真的……」

「喂！」石詠哲咬牙，「再這樣當心我不帶飯給妳吃！」

莫忘扭頭，輕哼了聲：「脾氣真壞，耐心真差。」

石詠哲：「……」這都是誰的錯啊？！

「算了，既然你誠心誠意的發問了，我就大發慈悲的回答你吧。」

「……」石詠哲抽了抽嘴角，「那還真是謝謝妳啊。」

「不用客氣。」說完，莫忘招了招手，「你站著太高了，坐下來。」

別看小竹馬嘴上說得硬氣，其實整個人早僵硬了，同手同腳的坐下後，他雙手放在膝蓋上，人模人樣的輕咳了聲：「嗯，妳說吧。」

莫忘也一臉嚴肅的點了點頭。

如果此刻有人進來，八成以為自己走錯地方了——這裡是在開業績檢討會嗎？

石詠哲一邊忐忑，一邊默默恍神，拒絕的話她一開始會說什麼呢？對了，應該是——對於你的心意我很感動。

「對於你的心意我很感動……」

石詠哲：「……」看吧！接下來是要發好人卡嗎？QAQ

「一直以來我都知道，你是個很好很好的人。」

石詠哲：「……」呵呵、呵呵，他可以出去擺攤算命了！接下來該發親人卡了吧？QAQ

「畢竟我們從小一起長大嘛，嗯，某種意義上說，就跟親人一樣。」

石詠哲：「……」住、住口！三卡連發什麼的傷不起！至、至少朋友卡不要發了啊！QAQ

「雖然沒有直接說過，但是在心裡，我真的把你當成自己最好和最重要的朋友。」

石詠哲：「……」求、放、過！！！！！！！！！

「所以……」

石詠哲：「……」來吧！乾淨俐落的拒絕他吧！再也不想承受這樣的折磨了！QAQ

莫忘突然伸出那隻空出的手，一把扯住石詠哲的衣領，將飽受摧殘而面容呆滯、雙眼無神的他拉到離自己很近的位置，臉孔湊近……

「啾～」

石詠哲：「……！！」

少年的眼眸驀然變大，像極了兩顆突然發光的星星，好一會兒，他才想起要眨眼、要呼吸，否則會出人命的……不不不，這不是重點，重點是……他伸出手，一把捂住自己還殘留著溫軟觸感的臉頰，「妳妳妳妳……妳做什麼？」

女孩沒好氣的翻了個白眼，「你是有多蠢？」

「什、什麼意思？」

「……」莫忘扶額，這傢伙有時候還真是笨得可愛，「就是說，我一直都很信賴你，把你當成朋友、當成家人，但是……如果還存在另一種可能性的話，嘗試一下也不是不可以。至少——」她歪了歪頭，很肯定的說：「我不討厭哦。」

「就、就是說……」居、居然告白成功？今早的太陽從哪邊出來的？他不是在做夢吧？這個……那個……

「你發什麼呆啊？」莫忘不太愉快的瞇了瞇眼眸，這種事情讓她這個女生來說來做也就算了，現在他居然發起了呆，「要是有什麼不滿可以直說，我又不會勉強你。」

「沒！」到嘴的鴨子要是飛了，死都不會瞑目好嗎！石詠哲連忙搖頭，急道：「沒什麼不滿！」只是，「太驚訝了……」

「驚訝？」這傢伙到底是多沒自信啊？

「嗯……」他試探性的伸出手握住女孩的，在發覺沒有被拒絕後，心滿意足的抓著她的手傻笑，「也太高興了。」

小巧又軟乎的手被他緊緊捏在手心中，石詠哲心中驀然湧起一種「這一生已經圓滿了」的錯覺，隨即又傻笑。自己在想些什麼呢？不管是他，還是她，這一生都才剛剛開始呢。

不過，如果能一直像現在這樣牽著她的手不鬆開，那就真的沒有什麼遺憾了。

拉個手就能開心成這樣，如果老爸看到一定又會鄙視他這個笨兒子，但石詠哲打心眼裡覺得很滿足，這一刻不同以往，他感覺到了回應，就好像心口那個早已滿溢而出的瓶子終於找到了另一個契合的容器，從此以後，他不用再為心意無人承接而覺得煩惱，只需要放心大膽的將其傾倒而出。

莫忘腹誹自家小竹馬：傻乎乎的……

其實她自己又能好到哪裡去呢？只牽個手就紅著臉抿脣笑的可是兩個人。

然而，就像現在這樣，你牽著我的手，我牽著你的手，傻傻的相視而笑，又有什麼不好？

像這樣做是他們的權利，因為——這是屬於他們的幸福。

★◎★◎★◎★◎

這是少年少女確定關係的第三年。

又是一個炎熱的夏季，兩人將要攜手走入大學校園。

雖然莫忘有點不爽的抱怨：「又是同一所？從小到大都上一所學校，你都不膩嗎？」

石詠哲表示自己沒聽見啊沒聽見，在被自家老爸提著耳朵教導了幾年後，他的臉皮以驚人的速度變厚了，甚至還能抓住這機會說兩句甜言蜜語：「我和妳在一起不可能會膩的。」

「可是我會！」

「……」

好吧，在地位方面，他是越來越……咳，傷心的事就不說了！

十八歲，正是如花的年紀。

單手撐桌上托下巴的石詠哲，偷眼看著對面越來越漂亮的女友，起碼在他眼裡是這樣。隨著年歲的增長，她的身高雖然沒有如小白楊般瘋長，卻也總算上了一六〇，但在即將到達一百八的他面前，依舊顯得那麼嬌小玲瓏——他們有個不錯的「身高差」。

她的臉孔也漸漸褪去孩童般的稚氣，眉眼舒展，現在看來除去可愛之外，更多了幾分秀美，尤其是那雙水靈靈的眼睛，只要一對上就讓人心癢癢，特別是其中泛著朦朧的霧氣時。當然，當它銳利起來，彷彿頃刻就從清澈的溪水變為幽深的寒潭，讓人心驚膽顫。做了這麼久的「魔王陛下」，她越來越有氣勢了。

正一邊喝著冰飲、一邊翻看著漫畫的莫忘無意中抬起頭，正對上男友的目光，她不禁冒出一頭黑線。這傢伙總是這樣，看著看著就能發呆，她到底是有多耐看啊？「和妳在一起不可能會膩」這句話果然不是騙人的，但也要考慮到她的感受啊！不知道因為這樣被圖圖她們笑話了多少回。

她無語的鼓了鼓臉，伸出手在冰涼的杯子上劃了一下，再將帶著冰水的手指直接戳到了某人的臉上，「回神啦！」

石詠哲一把抓住女友的手貼在臉上，專注的注視著她，「餓了嗎？」

「……我是大胃王嗎？才剛吃完一個蛋糕啊！」莫忘扶額。

「嗯，要再來一個嗎？」

「我……」他把她當豬養嗎？

「我看到今天有出新口味。」

「……咳咳，那就試試？」莫忘的立場毫無節操的瞬間變更了，對上某人盈滿笑意的雙眸，她威脅性的齜牙，「不許笑！」

很快，蛋糕上桌，而且還附送了一塊。當然，這也是意料之中的事情，他們可是這家漫畫書店的老顧客了。

在那件事情解決後，莫忘的父母也帶著新出生的弟弟回到了家中，一家人重新生活在一起，雖然心中的隔閡依舊隱約存在，但不管怎麼說都是家人，互相包容的話沒有什麼不可消融的，再加上……她很確定自己不會與弟弟爭搶什麼，父母的是父母的，而她如果想得到什麼，自己透過努力親手去拿就好。更別提，等到大學畢業後，她可能會把重心更多的放在魔界也說不定，有另一個人替她多陪陪父母，其實也挺好。

當然，父母回歸引發的最直接結果就是——她和阿哲不能單獨相處太久。

雖然似乎並不反對他們交往，但莫忘的父母總是擔心自家孩子會受到怎樣的「傷害」，所以沒隔多久就會找各種理由敲房門。這事情放到石詠哲家也是一樣，畢竟他的父母一直把莫忘當親生女兒一樣疼愛。

這也就導致這對可憐的情侶偶爾會趁週末跑出來，而這家漫畫書店就變成了他們的「常駐地」，看看漫畫或是課本，再品嘗點食物——這家書店中餐西餐都有。

一轉眼，兩年多的時光就這樣過去了。

因為位於最偏僻陰涼的角落裡，莫忘毫不顧忌形象的直接趴在桌上，一手用叉子慢悠悠的戳著軟綿綿的蛋糕，一邊注視著窗外的世界。

真是不可思議，只是一層玻璃的距離，這邊和那邊卻彷彿是兩個世界。她的肩頭披著石詠哲特地帶來的外套，以免吹多了冷氣著涼，而外面來往的青年男女則頭頂著幾乎能將柏油馬路融化的烈日，衣服盡濕。

「別老看那邊。」正由少年朝青年發展的小竹馬，伸出手輕撫上女孩白淨而有彈性的臉頰，示意她轉個邊，「很傷眼的。」

「可是，很無聊嘛。」莫忘抓住他的手，貼在自己的臉上。

「不是在看漫畫？」

「看膩了。」

這真不是撒謊。大學聯考結束後，他們變得有「錢」又有閒，沒事就過來坐坐，最開始當然是很快活的，從前一週只能看一會兒的漫畫現在隨便看，可是當次數多了，就讓人審美疲勞了……

「那……待會去看電影？」

莫忘百無聊賴的說道：「這週都看三次了，能說個沒做過的嗎？」

「游泳？」

「你其實只是想看我穿泳衣吧？」

「咳咳咳！」石詠哲猛地咳嗽了起來，真、真是的，就算有那麼一點「貼近真相」也別說出來啊，多尷尬。

「哼，果然是這樣！」

「……」

「湯表姐說得沒錯，男人的發育就是小天使到禽獸的轉變。」

石詠哲扶額，「別老聽妳表姐胡說八道啊！」再這樣下去，她表姐夫們的今天估計就會變成他的明天，不管是叫老婆「姐姐」還是被老婆各種家暴，都不符合他的審美好嗎？

莫忘瞥了一眼陷入沉思，沒多久呈現「整個人都不好了」的男友，一邊把玩著他修長的手指、一邊忍不住就笑了出來，「笨蛋。」

「嗯？」他一時之間沒聽清楚她的話。

「我說——」她拖長語調，再乾淨俐落的結尾，「你是笨蛋。」

「哈？」

她知道，他比自己所說的，要好得多太多了。

明明這麼……重視她。這麼長時間以來，他所做的最逾矩的行為，就是去年生日時，稍微親了她一下，不像那些僅僅只是嘴脣相貼的磨蹭，而是真正的親吻，但也只持續了大概十來秒，就臉紅耳赤的放開她，還緊張兮兮的，似乎害怕她會生氣，之後好幾天只要一看到她就會手忙腳亂出岔子，弄得老爸老媽和石叔張姨都看出了端倪。

明明她才是女孩子吧，這傢伙真是弱爆了。

但是，她能感受到他的真心——那種幾乎獻出一切來把她整個捧在手心中小心疼愛的濃厚愛意，好像她是比整個世界都要貴重的珍寶。越喜愛，就越仔細；越喜愛，就越珍惜；越喜愛，就越不敢越雷池半步。

她怎麼可能有什麼不滿呢？

「我哪裡笨了？」

面對著他的不滿，她笑了一下，偏過頭，輕輕的啄了下他被自己抓在手中的指尖，又輕輕的親了親他一瞬間就緊張到冒汗的掌心，輕聲說：「阿哲。」

他現在已經沒有過去那麼容易臉紅，卻還是不好意思，有些結巴的問：「什、什麼？」

「我們住一起吧。」

第一秒。

「……」

第二秒。

「？？？」

第三秒。

「！！！」

「？！」

「咚！」

只聽得這麼一聲，驚訝過度的石詠哲直接滾到桌子下面去了。

「噗！哈哈哈……」因為旁邊沒人的緣故，莫忘肆無忌憚的抱著肚子笑出聲來。

桌下的人咬牙，直接爬到她身邊坐好，雙手扯住她的臉頰往一旁拉扯，「妳又耍我？」

「沒有呀。」莫忘扒拉著他的手，「我是認真的。」

「……」

「為、為、為什麼突然想……咳咳咳……」

「怎麼？你不願意嗎？」

「……沒、沒有。」他當然不會有什麼不滿，甚至特別想舉起雙手雙腳贊成，簡直夢寐以求好嗎？只是，落到頭上的餡餅太大太香，反而讓人無所適從啊。

「你到底在糾結些什麼啊？」莫忘臉孔湊近他，瞇起眼眸，上上下下的仔細打量著。

「……」默默流汗。

「我說……你該不會是很猥瑣的想歪了吧？」

「啊？」石詠哲呆住，什麼情況？

「怎麼？石叔沒和你說嗎？因為擔心『學校餐廳營養不足』的緣故，他們同意我們在學校附近租間房，有空就過去做做飯打打牙祭休息休息。」莫忘壞笑著摸下巴，「所以說，你完全是想歪了吧？」

石詠哲：「……」故意的！這傢伙絕對是故意的！

「嘿。」莫忘伸出手劃了劃自己的臉頰，「羞不羞？」

「閉嘴啦！」額頭上直接跳出青筋的石詠哲拿起叉子就將蛋糕塞入她的口中，以防這個傢伙再說出什麼讓人爆血管的話！

偏偏話雖然不能說，女孩卻能邊吃邊偷笑，也不知是怎麼弄的，一點潔白的奶油就出現在她的鼻尖上。被她氣得牙癢癢的小竹馬一時衝動，張開嘴就狠狠的將那小鼻子叼住！

「……」

四目相對。

她的眼神有點愕然。

他的眼神有點得意。

但就這麼看著、看著……

一切彷彿漸漸變了味。

他將依舊嬌小玲瓏的她緊抱在懷中，她伸出手輕輕的摩挲著他挺拔的背脊，呼吸可聞，氣息交纏，蛋糕的味道是那麼的香甜，足以讓人永世難忘。

十八歲，他們的人生將從這裡開始，書寫出嶄新的一頁。

★◎★◎★◎★◎

戀愛的墳墓是婚姻！

但如果不結婚就會死無葬身之地！

所以，莫忘結婚了。

等等，這個理由似乎略……但對於當時的她來說，好像不這麼想就無法抵抗婚姻帶來的些許慌張感，即使已經順利成長為輕熟女一枚，該擔心的事情似乎還是會擔心呢。

——一旦真的步入了，好像……也就那麼回事？

躺在床上睜著大眼睛盯著天花板的莫忘如此想到。

與從前的日子相比沒有那麼多不同，同時也有一些不同。

聽來繞口的話語卻是她心中最真實的感受。

因為從小就是青梅竹馬的緣故，兩家人知根知底，足夠熟悉。雖然省了種種麻煩，但大到婚房、小到放在浴室的漱口杯要選擇怎樣的樣式，都需要細細商討，畢竟——那是他們以後的「家」。就像鳥兒，長大了、離巢了，就需要一個新巢，所以必須仔細搭建，不能有一點馬虎。

而這一切最直觀的結果就是——小倆口結完婚，兩個家庭的人都累到差點爬不起來。

本來莫忘還想好了，新婚的晚上一定要坐在床上，跟地主婆似的拆開紅包蘸著口水數啊數，結果真到了那時候，夫妻倆居然雙雙倒床上人事不省，從無意識互相搶被子到抱一起裹成一隻大蠶繭，據說是「最珍貴的新婚夜」就這樣悲慘的過去了。第二天兩人醒來，你看看我、我看看你，睡眼惺忪間滿是無奈，最後就那麼不約而同大笑了起來。

即使想要再睡也是不可能的，因為「蜜月航班」已經快起飛，爬起身換衣服的換衣服、洗漱的洗漱，再提起早就收拾好的旅行箱匆匆忙忙的跑出門，結果又倒楣的撞到飛機晚點。好不容易上了飛機，途中又遇到一波嚇人的亂流，好不容易到達目的地，兩個人又累得跟死狗似的……總而言之，怎一個慘字了得。

弄得莫忘都懷疑，他們的婚姻是不是被詛咒了，這到底是有多麼「天理難容」啊？

好在苦盡甘來，在那之後，似乎一切都很順利。

因為大學期間長期住在同一個屋簷下的緣故，他們已經充分瞭解了對方的生活步調。不得不說，這讓兩人的婚姻少了很多需要磨合的地方，但同時……

一個人睡和兩個人睡，到底是不同的。

莫忘微微側過頭，注視著身旁熟悉的容顏。他睡得很熟，離她很近，呼吸噴灑在她的脖間，麻麻的癢癢的又暖暖的。這個人的氣息，一直是她所熟悉的。

只是，從前沒聽說過他有「抱著娃娃睡覺」的習慣啊？有這個習慣的人明明是她好嗎？而且她已經改掉了。

沒錯，這傢伙不管入睡前是怎樣的姿勢，第二天醒來，必然是把她緊緊的抱在懷裡，頭也一定塞在離她脖子很近的地方，或者乾脆就貼著她的脖子。

這傢伙就跟上輩子是黃鼠狼似的，特別喜歡她的脖子，哦，對了，還有肩頭，每當……

那種時候，不管是正對還是反對，都總愛緊緊的抱著她，在這兩個位置間來回磨蹭著。多虧了這傢伙的「努力」，到最後這地方總是通紅一片！好在他也知道脖子上不能禍害太狠，被人看見會惹得她發飆，所以……肩頭上現在還有淺淺的牙印呢！到底是叼了多久、重複叼了多少次才會導致這種後果啊！

這、傢、伙！

只要一想到這點，就會讓她牙癢癢！

不過……

莫忘注視著石詠哲也依舊留有牙印的耳朵。哼哼，她的報復永遠都是很及時的！

不過也因此，她才充分理解了湯表姐所說的「男人婚後會達到禽獸的頂峰」這句話的真實涵義，當時夏表姐沒有說話，但看表情似乎也深以為然。

她當時還很天真的覺得石詠哲這傢伙再怎樣也翻不了天，卻沒想到她真的太單純了！一旦得到了某種正式理由能長期「駐紮」在她的床上，這傢伙就好像完全不想離開了，本著「我就算死也要死在這裡」的信念不停做著「過分」的事情。

雖然就各種意義上說他都挺溫柔沒錯，但是……一週她也想休息那麼一、兩天啊！一般工廠都還有法定假日呢！這傢伙真是比誰都黑！

記得之前湯表姐來看她，第一句話就是：「看妳這白皙的肌膚、紅潤的雙頰和水靈的眼睛，就知道妹夫很努力。」

到底是有多猥瑣啊！

而且，在她求助之後，混蛋表姐居然握著她的手，殷勤囑咐：「沒事，按照正常情況，一、兩個月後就好了。」

當時她想要吐血，直接反問：「萬一不好呢？」

結果表姐居然很不負責任的回答：「那到時候妳也習慣了，加油！」

「……」

她完全不想因為這種事情加油好嗎？！

正磨牙間，她耳中突然傳來一句慵懶的呢喃：「有老鼠？」聲音近在耳畔，她的整個耳郭都被溫熱的呼吸包圍。

「……」

還沒等她回答，某人已經輕車熟路的找上了她的脖子。莫忘滿頭黑線的伸出手一把將這傢伙毛茸茸的腦袋推開，「你夠了！」而後坐起身，惡狠狠的拍打了下枕頭，「你其實是黃鼠狼投胎吧？絕對是吧？！」

早已習慣被她這麼抱怨的青年微歪了歪頭，露出有點懶散的溫暖笑容，「早。」

「……」這種拳頭打到空氣中的無力感……扶額。

下一秒，已經成功進化為帥氣青年的石詠哲抓起自家老婆放在枕頭上、與他相比依舊顯得小巧無比的手掌，親了親掌心，「怎麼那麼早就醒了？」

「我也想知道啊……」莫忘嘆了口氣，反正又不可能真的吵起來，她也索性重新躺倒回床上，和某人肩並肩看天花板，「不知道為什麼，突然一下就醒了。而且，說不上早吧？」

她看向一旁的鬧鐘，「都十點了好嗎？」所以，「都是你的錯。」

「我的錯？」

「誰讓你今早沒起床的。」

「假期嘛。」石詠哲笑了，「怎麼樣，要不要一起出去旅遊？」

畢業後他選擇的工作與年少時的愛好的確有關係，只不過是走上「研究」的路線，但不管怎樣也算是滿足了他外公的期望，而急需「繼承人」的爺爺大人則將目光瞄向了他們未來的孩子，真是想得長遠呢。

「哼。」

石詠哲親著她的脖子，抽空問：「哼什麼？」

「反正你沒安好心！」

「……」

她才不稀罕假期呢！

她看起來可是天天放假！

是的，畢業後她沒有選擇外出工作，而是跟之前想好的一樣，將大部分時間投入了魔界的事務中，據其他人的說法——「陛下已經完全可以獨當一面了」，但她覺得自己需要學習的還有很多很多。所以說，雖然在其他人眼中她是「全職家庭主婦」，可其實她是很忙的。

在格瑞斯改進了技術後，她現在可以隨時隨地進入魔界，而儲藏室的入口也被完全封印了起來，以防會有人不小心透過那裡進入「時空裂縫」。

不過，託時間差的福，在阿哲工作忙碌的時候，她會抓住他跑到魔界，讓這傢伙好好休息一下。工作是無限的，身體是有限的，不能本末倒置。

「喂，你在做什麼？」莫忘警覺看。

「妳說我超級壞啊，我決定名副其實。」

「呵呵。」莫忘一把拍掉某隻狗爪子，「你現在已經很名副其實了，再這樣下去就惡貫滿盈了！」

「……」這冷豔高貴的笑聲是鬧哪齣啊？

「我起床了！」歷史的經驗教訓告訴她，明明醒了還不起床，後果必然是嚴重的。

「不再睡會兒？」

「才不要！」莫忘用眼神告訴這傢伙——你的野心已經完全被我看清楚了！

果不其然，石詠哲微失望的嘆了口氣，同樣坐起身，「那我也起來吧。」

「我警告你——」她再次警覺的看向他，「我洗漱的時候你不許進浴室哦。」

「也太霸道了吧？」

「少囉嗦！」歷史的經驗教訓告訴她，放這傢伙進去，等於引狼入室。

「早上……不，中午想吃什麼？」

眼看著對話似乎稍微正常了些，莫忘鬆了口氣，仔細思考了片刻後說：「家裡有剩飯，冰箱裡還有很多蔬菜，那……鐵板揚州炒飯？」他們家有個專門燒烤用的烤肉器，她特別喜歡吃用它炒出來的飯，香噴噴的，非常可口。

「真好養活。」石詠哲捏了捏老婆的臉，狀若不經意的再次提議：「那待會一起做？」

「好……」又一次警覺起來，「個鬼啊！你想都別想！」歷史的經驗教訓告訴她，做飯的時候要隨時觀察後方，否則必然悲劇。

一次又一次的警醒後，她抓狂了，抬起手往某人身上猛捶，「所以說，為什麼我們家哪裡都不安全了啊？」

「是妳太神經過敏了吧？」

「閉嘴！明顯都是你的錯好嗎？」

——啊啊啊，把那個羞澀傲嬌得不得了，一被我調戲就是紅著臉、手腳不知擺放在哪裡的小竹馬還回來啊！明明結婚前還隱約保留著這樣的特質，為啥才僅僅六個月就再也找不到當初的影子了啊？皮厚什麼的一、點、也、不、萌！

「是、是。」拉過，抱住。石詠哲撫摸著她的背脊低聲哄著：「都是我的錯。」

「這還差不多。」莫忘略滿意的點頭，「說，還敢不敢了？」

「不敢了。」

「真的？」

石詠哲一臉誠懇的點頭，「嗯，真的。」

「呵呵，說這種話之前……先把你的手給我拿出去！！！！！！」

揍！

——總算知道為啥夏表姐會那麼暴力了，實在是有人太氣人！

——而且……明明被毆了還笑得那麼開心，這個蠢蛋！

——但是……但是……

她自己好像也情不自禁就笑出來了。

心一軟的結果就總是讓某個壞蛋得償所願。

這樣可不妙啊，不妙啊。

不過，好的是，他們的時間還有很長很長……很長很長……

或許總有一天她能把這傢伙的壞毛病矯正掉，也或許是她會被他矯正，到底會怎樣誰說得清呢？

但是，不管是哪一種結果，只要幸福就好。

這樣就夠了。

《拯救世界吧！少女魔王！07魔王陛下的結束與新生！》完

番外

另一個結局：守護者的愛戀

究竟喜歡一個人，可以到達怎樣的程度呢？

也許每個人的答案都不一樣。

她正在看文件。

已經十八歲的少女逐漸褪去曾經的稚嫩，多了幾分令人心尖顫抖的青春氣息。美麗？漂亮？這些詞怎能形容她萬分之一，至少在他心中是如此。此刻，她白皙而修長的手指劃過同樣潔白的紙張，帶來一陣細微的顫動，讓人覺得——如果自己是那張紙就好了。

被她以這樣溫柔的動作撫摸著，該是如何幸福的一件事。

彷彿注意到了他的注視，少女抬起頭，眼神中浮現出些許疑惑，用可愛的、脆生生的語調發出疑問：「艾斯特，怎麼了？」

「不，沒什麼。」向來沒有太多表情的青年搖了搖頭。

「奇奇怪怪的……」她嗔怪的說了這麼一句後，重新又低下了頭，繼續著手頭的事。

魔王陛下很認真，徒留他暗自苦笑。

他當然不想對她有任何隱瞞，但是，該如何訴說呢？

對高高在上的她生出了那種堪稱「齷齪」的心思，明明想要努力將其壓抑住的，卻逐漸無法控制這份心意，反而讓它隨著時間的流逝變得更加深厚，以至於到了哪怕幾個小時沒有見到就會焦躁的地步。

當她因為「那邊」的學業和生活而離開時，他多少次想要抓住她的手，但他知道……自己沒有這個資格。

沒有資格對她的人生說三道四，也沒有資格替她做任何決定。

說到底，他只是她的「守護者」，還只是其中之一。不是特別的，而是很多個之一。

但即便清楚的知道這一點，這份在暗地裡生長的見不得光的執念不僅沒有消失，反而更加強烈，甚至衍生出了一些見不得人的夢境。

這種事情……這種羞恥的事情……這種罪惡到極點的事情……這種足以讓他死一百次都無法贖罪的事情……

就算想要停止，誰又能控制得了自己的夢？

更別提夢境是內心的映射。他很清楚，哪怕外表看起來如此恭謹，但其實在內心深處，自己早已犯下了不敬的大罪——不再單純的把她當成魔王，而是當作一個「女人」看待。

一個可以戀慕的女性。

「艾斯特。」

「陛下？」

終於處理完一切事務的莫忘將桌子收拾乾淨，站起身來，微笑著說：「今晚留在這裡一起用餐如何？」

「……是。」

是啊，明天她又要離開這裡，回到那個世界了。而這一次，可以陪伴在她身邊的人不是他。這意味著，他又要再次經歷那漫長的等待。

「嗯，那就這麼說定了！」

青年注視著少女臉孔上綻放出的宛若日光的美麗笑容，下意識的也舒展了眉眼。

——無論如何，只要她開心就好。

夜間很快到來。艾斯特與莫忘面對面坐在一張用來喝下午茶的小桌邊——後者特別不愛坐大長桌，總覺得太空了，和人聊天簡直要用擴音器。

因為已經一起生活了很久，兩人很自在的用餐。

中途，莫忘突然神秘兮兮的左右看了一眼，而後站起身，不知從哪裡摸出了一瓶紅酒，抱著小跑了回來。

「艾斯特，你看！」

「……酒？」

「嗯嗯。」莫忘炸了眨眼，「喝嗎？」

「您……」

「我已經成年了，可以喝酒的！」

「……」

「上次格瑞斯和艾米亞一直說它如何如何珍貴，如何如何好喝，我今天一定要嚐嚐看！快，幫我弄開。」

向來無法違抗對方心願的青年微嘆了口氣，接過瓶子很輕鬆的打開。就在此時，一個杯子突然推到他的面前，少女雙手托著下巴，雙眸閃閃的注視著他，就像在說「快來、快來」，而當嫣紅的液體真正注入水晶杯中時，她彎起眼眸，愉悅的笑了。

「陛下，請用。」

「嗯嗯。」莫忘有些急切卻不失優雅的將杯子端起，稍微嗅了下，「好像很香的樣子。」而後喝下，「……」

艾斯特沒有急著品嘗這瓶的確很珍貴的美酒，只專注的注視著對方，很快發現她的臉色變得很奇怪，他有些緊張的問：「陛下？」

「好……」莫忘皺巴著臉放下杯子，「好難喝。」

從小到大都沒喝過酒的人，第一次喝，很少人會覺得好喝，哪怕是魔王陛下，也毫不例外的是其中之一。

「那就別喝了。」

「可是好浪費……」她注視著杯中殘餘著的酒液，微皺起眉頭。

他的視線同樣落在杯上，所關注的重點卻不是酒液，而是那曾經被她以柔軟脣瓣觸碰過的杯沿。

「但也不能倒回去吧？」

少女困擾的聲音傳來，恍惚間，他下意識的回答：「那麼，陛下可以將它賜給我嗎？」

「……」

「……」

短暫的沉默中，艾斯特才發覺自己說出了什麼樣的話，內心驀然泛起的驚天巨浪讓他一時之間甚至忘記了謝罪，只能怔怔的注視著明顯也呆愣了的少女。

「好啊！」清脆的聲音打破了一時的沉寂。

「……」陛下？

莫忘眨眨眼睛，恍若什麼都沒意識到，逕自將酒杯推到青年面前，「那就送給你啦。」

「……感謝您的慷慨。」沒有在意嗎？艾斯特暗自鬆了口氣，不知是慶幸還是失落。

「這種事情有什麼好感謝的啊。」莫忘舉起湯匙，非常不符合禮節的敲了敲杯子，聽著這清脆的響聲，她語調輕鬆的說：「來，喝掉吧，千萬不要浪費。」

「……是。」他一邊說著，一邊舉起了杯子，將它緩緩送到唇邊。

陛下使用過的器具。

陛下撫摸過的杯托。

陛下飲用過的酒液。

滿是陛下的味道……

唇瓣接觸到那冰涼杯沿的瞬間，青年冰藍色的眼眸中有那麼一剎那的迷濛，也許連他自己都沒有意識到，靜坐在對面單手托腮的少女卻微瞇起眼眸，狀若無意的開口：「艾斯特，你是不是喜歡我？」

「……！！！咳！」

饒是向來鎮定自若、泰山崩於前而色不變的艾斯特，也直接被嗆到了，好在他及時捂住了嘴，才沒有做出弄髒桌子的失禮後果。但即使真導致了這樣的結果，他也已經沒有心情思考，因為……因為……

此時此刻，他目光中的愕然，任何一人都能看得清清楚楚。

心中更多了不少篤定的莫忘站起身，雙手按著桌子俯下身湊近依舊坐著的青年，歪了歪頭，嘆息著說：「真浪費。」

「……什麼？」

「酒——」她伸出手指刮了刮他的嘴角，「都流出來了。」將手指含入口中之後，再次皺眉，「果然很難喝。」

「陛下……」艾斯特不知道此刻究竟該做出怎樣的反應，當心意徹底被眼前的人洞察，有恐懼，也有釋然，甚至還有期待，只是……

——陛下，您究竟在想些什麼呢？

「你還沒有回答我的問題。」

不需要重複或者解釋，誰都知道「問題」是什麼。

誠實是他對她的承諾，即便這樣的情況，也無法違背。

「是的。」他微垂下頭，握在手中的餐巾無聲飄落，雙拳漸漸捏緊，盡量讓聲線不那麼顫抖，「陛下，我喜歡您……不，我發自內心的愛著您。」

「是哪種愛呢？」她緊接著追問，「對魔王的愛？對同伴的愛？還是說……」

「是對女人的愛。」

「真是大膽的言語呢，艾斯特，沒想到你居然會說出這樣的話，你知道後果嗎？」

「……是的。」彷彿已經預知到了某種令人絕望的結果，艾斯特的拳頭進一步捏緊，胸腔猛烈顫動了片刻後，嘶啞著嗓音說：「無論怎樣的懲罰我都願意接受，但至少，請讓我偶爾能見到您。」

「偶爾？」

他猛地抬起頭，懇求的注視著她說：「這是我唯一的心願，請您……」聲音戛然而止，他的眼神從幾乎能將人燒傷的灼熱轉為宛若夜幕的黯淡。他又有什麼資格提出這樣的要求呢？在犯了褻瀆的大罪之後。

「我拒絕。」

「……」果然……

「很抱歉，我不能答應你的心願。」

艾斯特的嘴角緩緩勾起一抹苦笑，這樣的結果難道不是早有預料的嗎？從第一次發現自己居然有了這樣的念頭後。

如果他今夜沒有說出那樣的話、做出那樣的舉動……一樣的，只是時間早晚的問題。

衣物的摩擦聲響起。莫忘離開桌子，緩步走到垂首的艾斯特面前，注視著他那彷彿被拋棄了的大型犬的模樣，覺得又可憐又想笑。

進入大學後，接觸了更多人、更多事，明白瞭解了許許多多「未知」的她弄清楚了一件重要的事情——艾斯特似乎喜歡自己。

最初只是一種模糊的直覺，但當她仔細觀察時才發現，這傢伙已經表現得足夠明顯。所以說，以前的她為什麼能遲鈍到那種地步？而艾斯特……到底是懷著怎樣的自信啊？覺得一天到晚眼都不眨的盯著她看都不會被發現心情？也太小看她了吧。

發覺這件事後，她又很快的發現另一件事，那就是他似乎打算將暗戀進行到底。她有理由相信，即便自己有一天手捧鮮花嫁給別人，他依舊會微笑著說「陛下，祝您幸福」，然後在背地裡默默疼斷自己的腸子，卻咬著牙不肯發出任何一聲痛呼。

等他告白……呵呵呵呵呵呵！

好在，他也有優點，那就是絕對不會對她撒謊。當然，曾經的一些小意外除外。

所以，直接問他就好了嘛！喝點酒，壯個膽，肯定沒問題的！

但是她卻沒想到酒能難喝成這個樣子，更沒想到的是，艾斯特居然能提出那種「厚顏無恥」的要求，還以為這傢伙終於下定啥啥決心了呢，沒想到他居然也被嚇到——拜託，明明是他自己說出來的話好嗎？！

再接著……不知不覺就變成了現在這樣。

他像是犯了錯誤的狗狗般蹲在她面前，要打要罵要踢要拍都隨便，讓人覺得不欺負一下真是太浪費了。

但……是不是欺負過頭了呢？

她又走近了一點，伸出雙手，捧起艾斯特的臉。他沒有反抗，目光中卻滿是驚訝。

「現在，你有兩個選擇。」一表情嚴肅的魔王陛下一眨不眨的注視著臣下順從的表情和好看到讓人暈眩的冰藍色眼眸，語氣鎮定的說出了自己的「判決」——

「一，永遠不要出現在我面前；二……」

話還沒說完，她已經覺察到他堪稱劇烈的顫抖，看著他驟然變得苦痛的眼神，她的聲音放柔放輕，說出了給予他的另一個選擇：「永遠不要離開我身邊。」

「！！！」

「來，選擇吧。」莫忘鬆開手，背在身後，歪頭斜睨他說：「事先說好，如果你敢選一的話，我會毫不客氣給你一個耳光。」正所謂將所有可能性掐死在源頭。

「……我選二。」這種事簡直不需要選擇吧？但是，陛下她的意思……難道……

瞧著似乎陷入了當機狀態的某人，莫忘終於繃不住，噗的一聲笑了出來：「很好，我決定毫不客氣的……」湊近，「給你一個吻。」

話音落下，她柔軟而粉嫩的嘴唇也隨之落在了他的唇角。

★◎★◎★◎

「看，艾斯特大人又在傻笑了。」

「啊，真的！」

「到底發生了什麼事……」

「該不會是中邪了吧？」

「沒事，我問過瑪爾德大人了，他說艾斯特大人是得了春季獨有的病。」

「還有這種病？沒聽說過啊。」

「瑪爾德大人見多識廣，既然他說有，那肯定是有。」

「也是……」

「啊！別聊了，還有事呢。」

「對，回見。」

「回見。」

一大群趴在門邊的女僕一哄而散。

而房間中，某個青年彷彿完全沒察覺到般，靜坐在座椅上一動不動。

好吧，實際上他的確什麼都沒察覺到，因為這傢伙已經陷入了沉思中不可自拔。

他修長的手指下意識的撫上唇角，不知想到了什麼，那雙以往如同冰封之湖的眼眸波光瀲灩，寒冰盡融，蕩漾著甚至可以用「動人」形容的波瀾。

不自覺間，艾斯特的嘴角微微勾起，發出了這樣的呢喃——「陛下……」

這聲音很低，其中隱含著的熱情卻足以將世間的任何一人融化，但其他人他都不稀罕、不在意，他只想打動那唯一一人。

緊接著，他的手滑至臉頰，雖然昨天被少女毫不客氣的甩了一個耳光，但現在早已不痛了。即使是疼痛，只要是她給予的，他都心甘情願去承受。只是……

艾斯特的表情轉而黯淡了下來。

「陛下……」會生氣嗎？不，已經生氣了吧，所以才在打完他之後，轉身就走。

這一聲中包含的焦慮，同樣能將任何一人逼瘋，包括他自己在內。他沒能及時拉住她的手腕……因為很清楚，被打實在是自作自受。

陛下想起了那個時候的事情。

那個時候，他強迫著她做出了選擇。一個世界和她自身，她選擇了前者，而他選擇了後者。各人有各人的選擇，這無可厚非，可是將自己的意志強加在陛下的身上……這種事情，哪怕萬死也無法贖罪吧？

但即便知道會這樣，如果再給一次選擇的機會，他依舊會做出與之前完全相同的決定。自身滅亡也好，這個世界毀滅也好，他只想她活下去。

活下去，哪怕他會背負著「罪」。

活下去，哪怕她失去了曾經的記憶。

活下去，哪怕……陛下在今後的日子裡是因他人而歡笑，也沒有關係。

只要還存活於世一天，他就永不想看到她受傷或者……死亡的景象。

做好了這樣的覺悟，他強迫陛下拉開了弓箭，誰知道在那之後事情居然發生了可喜的轉機。陛下服用了增強精神力的藥水，這個世界也在那位大人的幫助下獲得真正的「穩定」，他也做好「贖罪」的準備，卻沒想到她居然失去了那一小段的記憶。

他從沒有懷疑過陛下會撒謊，因為她根本無須這樣做，也根本想不到這樣做。

他不知道這件事究竟算好還是壞，但不可否認的鬆了口氣。他可恥的暗自想著：太好了，陛下不記得我那自私的嘴臉，陛下不記得我那褻瀆的話語，真是太好了。

但也因為這件事，他決心將那可恥的執念深深的埋藏在心中，因為已經失去了講述它的資格。

——如果有一天，陛下想起這段記憶……

無法想像那結果。艾斯特那一直如同平靜湖面的心緒不斷泛著沸騰的氣泡，他深吸了一口氣，努力讓自己的心情平定下來。但顯然，他失敗了。

彷彿做夢一般，她體察到了他的心意，她詢問了他的內心，她……親吻了他。

那一刻，脣邊的柔軟、身體的顫抖、心中的愉悅，即使現在都能清晰的想起。即使陛下手指的是地獄，他也會毫不猶豫的縱身跳下。

這是命運的眷顧嗎？不，明明是玩弄才對。

否則，為什麼她會在下一刻就想起了一切？

陛下此刻應該怒不可遏吧？他還可能得到原諒嗎？

★◎★◎★◎★◎

而此時，莫忘也的確在生氣，只不過她的心情比艾斯特所想的還要複雜許多。

首先，關於「失憶」，其實她並非完全不記得，當然，她之前也沒有撒謊。在當時，她的確在姐夫的幫助下強行改變魔界與自己的聯繫，這引發了短時間的失憶，但自那之後也過去了兩、三年，隨著精神力的逐步加強以及那無數個有點朦朧的夢境，她漸漸找回與那有關的記憶碎片，也逐步確定……那人似乎是艾斯特。

那時候她真的是很生氣的！可惜的是，她想起來的時候正好是剛離開魔界、回到這邊忙著與考試相關的事情，等再回到魔界的時候，氣已經消了。

怎麼說呢？如果是艾斯特的話，做出那樣的選擇真是太正常了，以至於讓她想說都不知從何說起，因為即便罵得再狠，下次遇到同樣的情況，他也依舊會做出同樣的決定。

有種宿命般的無力感……

同時，對於女人來說，如果有一個人把自己看得比世界還重……即使知道這是不對的，依舊很難討厭吧？

其次，命運弄人，她想起了一大部分，卻偏偏就是沒想起他最後對自己所說的……那句話，否則也不可能到大學後才確定了這傢伙的心意。

這真是讓她怒火中燒！

——一回生二回熟，都說過一次了，再說一次會怎樣啊？會死嗎？會嗎？！

——偏偏那麼悶騷，玩什麼暗戀，還刷的一下就是三年，如果我沒有及時發覺，你是不是要再來個三十年、三百年？混蛋！白痴！笨蛋！

——最後，虧我轉身離開的時候還特意放慢了腳步，你居然不來抓住我？這個被親完不認人的負心漢……蠢蛋！蠢蛋！！蠢蛋！！！

莫忘轉過身，一腳狠狠的踹在一旁的假山上。而後囧然，她這算是破壞公物了吧？討、討厭，都是艾斯特的錯！罪行再加上一條！

事實證明，破壞公物是要付出代價的，沒走兩步，莫忘突然一拐，差點吧唧一聲趴倒在地，她低頭一看，淚流滿面，鞋跟……鞋跟斷了。

——高跟鞋什麼的最討厭了！

她左右看了一眼，無奈的挪到一旁的石凳上坐好。因為心中鬱悶的緣故，不知不覺居然一個人跑到了校園中的「約會聖地」。

莫忘嘆了口氣，看著時而路過的學生，希望可以碰到個能幫助自己的同學。如果實在碰不到，她也只有這樣丟臉回去了。不過……打擾別人談戀愛真的不會被踢嗎？算了，休息一會兒就自己回去吧，人家約會一次也不容易。

莫忘再次嘆了口氣，艾斯特那個蠢蛋現在在做什麼呢？該不會還在一個人煩惱吧？真是的，有想那些事情的時間，還不如乾脆點來這裡跪求她的原諒！嗯，順便再替她帶雙鞋。這樣的話，她倒是勉強可以考慮快點原諒他。

眼看著附近漸漸沒有人路過，莫忘索性盤腿坐在石凳上，反正她穿的是長褲，完全沒有走光的風險。她一手托腮，默默的發起了呆。

——那傢伙不會內疚過頭就自裁吧？

——不不不，絕對不會做這種事吧？

雖然她當時是給了他一個耳光沒錯……但那是因為一時想起記憶導致情緒激烈過頭了啊！在仔細想清楚一切的現在，她其實已經不怎麼生氣了。

——要、要不要回去看一看？萬一真……

大概戀愛實在容易讓人患得患失，少女開始胡思亂想了起來。

屋漏偏逢連夜雨，就在莫忘努力思考的時候，突然覺得頭頂一涼，她好奇的抬起頭那麼一看，瞬間被急促砸下的雨滴淋了一臉。

莫忘：「……」為什麼這麼倒楣啊！

不遠處，一對情侶共撐一件衣服「嘻嘻哈哈」的跑過。

秀恩愛什麼的……咬牙！

可是她能怎麼做嘛！TAT

還是回宿舍吧，跑得快的話至少不會感冒。可憐的少女就這麼拖著破鞋一路小跑。

眾所周知，越急越容易出錯，這不，才沒走兩步，就一個踉蹌朝前倒去。好在這幾年她一直沒有疏於鍛鍊，就在莫忘做好單手撐地穩住身體的準備時，卻已經被人從身後撈起了。

緊接著，一把傘遮在了她的頭頂。

莫忘抬頭看了看深藍色的大傘，又低頭看了看攬在腰間的手臂，順著身後人的力度站直身體，後背就這樣自然貼上了對方的前胸——能感受到它正在顫動，似乎剛經歷了一場劇烈的運動。稍微有些粗重的呼吸噴灑在她的後脖上，引起了一陣溫暖的酥麻感。

下一秒，傘把被遞到了她的面前。

莫忘鼓了鼓臉，將傘抓過，隨後便被身後的人輕輕巧巧以公主抱的方式抱了起來。即使身高已經到了一六〇，在接近一百九十公分的他面前，她依舊顯得格外嬌小玲瓏。

莫忘歪頭靠在這人的胸前，像個孩子似的兩手緩緩轉動著大傘，很是輕鬆的微抖著腿，失去了鞋跟的那隻高跟鞋鬆鬆的掛在足尖上，搖搖欲墜。

一下，兩下，三下……

然後，它真的掉了下去。

一隻手從她身下移開，快速的抓住那隻鞋，又重新回到了原地，一切只花了不到一秒的功夫，所以少女只覺察到了輕微的顫抖，並沒有摔下地，也並沒有感覺到任何不適。

她輕哼了聲，在某人無奈的嘆息聲中，開始努力晃起另一隻鞋子。

——我晃……我晃……我晃晃晃！

在堅持不懈的努力下，莫忘成功的甩掉了第二隻鞋子，眼看著某人的表情變得無語，她暗自可惜：為啥我不是蜈蚣呢？否則光撿鞋就累死他！然後再讓他一隻隻穿回來，哼哼哼！

不得不說，女人在「折磨」男人上似乎有著天生才能，「毒計」什麼的一條接一條啊！

很快，兩人到達了一座亭子中。

所謂「約會聖地」，必然會有各種各樣的「方便場合」，這就是其中一個。莫忘聽同寢室的妹紙說，這裡的人氣極高，平時不早點來，壓根占不到。她當時聽完很無語，在這裡約會，然後時不時就有人溜達過來看這裡有沒有空位，真的不會很囧嗎？但是，大概是現在年輕人的臉皮都厚了，被看一眼又不會掉塊肉。

再加上，這裡的景色的確是不錯。

三面被巨大的桂花樹遮掩，香氣沁人之餘更有幾分清幽感，尤其是現在這個季節，盡情綻放的桂花如同飄浮在樹梢的一團團鵝黃色雲朵，在雨點的擊打下微微顫動，幾點花瓣凌亂之餘不失優美的墜落下來，彷彿將空氣和雨水都一起染香了。

剩餘的一面則是一條石板路，兩側布滿了薔薇花架，此時也恰好是它們怒放的季節。再過不久，幾場風雨之後，石板上會落滿飄香的殘紅，有心人乾脆叫它「愛情路」，名字雖然通俗了點，但戀愛中的人偏偏就吃這一套。唯一不足的就是，路的拐角處每天總有些人探頭來觀察，看有沒有人占據了風水寶地，咳咳咳，那姿態總讓人覺得有點猥瑣啊！

之前「盤踞」在這裡的情侶似乎沒有在這裡「靜聆雨聲」的想法，發覺下雨後就很乾脆的離開了。莫忘注意到，對方匆忙之間，在地上還遺漏了一點紙屑，她探手就想撿起來，乾脆就著某人的手臂翻了個身，再彎下腰去。

艾斯特：「……陛下，太危險了。」他簡直不像在抱人，而像抱著一個大號的炸彈，那叫一個謹慎小心。

「哼，這麼容易就讓我掉下去，要你何用？」

「……」

眼看著少女終於撿起了地上的垃圾，他連忙將她放到石桌上，才略微鬆了口氣，雙眼卻依舊一眨不眨的盯著她，彷彿稍不注意她就會乾脆的滾到地上去。

在這樣的注視下，莫忘慢條斯理的盤腿坐好，單手撐在膝頭托著下巴，藉著這樣的姿勢與艾斯特直……直視個鬼啊！這傢伙的個子實在太高了！哪怕她坐在桌子上也需要仰視仰視仰視再仰視好嗎？

她一個不爽，直接手腳並用的爬起來站著。很好，現在輪到她俯視這傢伙了。

艾斯特：「陛下，太……」

「危險嗎？會比一不小心就毀滅世界更危險嗎？」

「……」艾斯特垂下頭，膝頭微曲，「真是萬分……」

「不許跪！」少女的腳丫子踢在青年胸前，「你除了道歉，難道就沒別的話好說嗎？」

艾斯特不得不繼續站著，以胸口承接著「百萬噸撞擊」……好吧，壓根沒這麼誇張，莫忘下手，不對，下腳還是很有分寸的，而且說句實話，在她看來這傢伙的胸膛比自己的腳丫子硬實多了，真撞起來還不知道痛的是誰呢。

「陛下。」

「什麼？」

「繼續站著會感冒的。」

「……」他要說的就這個嗎？怒！抬腳，「要你管！」踹、踹、踹！

「請恕我失禮。」艾斯特這次卻沒有任由她動作，反而一伸手抓住了她的小腿，緊接著稍微動作了幾下，就將她重新按回石桌上坐好，然後他……又跪了！

莫忘：「……」踹啊！！！

結果腳丫子又被抓住了。不知是不是對方掌心的溫度實在是太高，莫忘的身軀下意識一顫，連忙深吸了一口氣、緊抿起脣，好在低著頭的青年似乎沒有注意到她的「異常」。

怎麼說呢？在以往的日子裡，艾斯特並不是沒幫她穿過鞋，但總覺得……現在有點不太一樣。是因為說清楚一切的緣故嗎？

而看似鎮定的艾斯特其實也遠沒有他自己所表現出的那麼淡然，她的個頭長了，腳的尺碼似乎沒有隨之長大，估計頂多只有三十二或者三十三，看起來小巧極了。

因為這個季節氣溫還很暖，少女是光著腳穿皮鞋的，所以艾斯特幾乎算是沒有一絲阻隔的握著她赤裸的雙足——色澤白皙，彷彿能散發著淡淡的螢光；指頭圓潤，指甲自然的點綴著淡淡的粉色；足弓彎彎，像極了自水中躍出的游魚。

看著、看著，他鬼使神差的輕輕吻在了她的腳背上。

下一秒，原本被青年緊握在手中的腳丫子猛地被主人抽回，而後毫不客氣的給了他一個窩心腳。

「你、你做什麼呀！」

一時不查就被踹倒在地的他恰好看到……她緋紅一片的臉孔，眼中閃爍著些許淚光，一手貼在心口，另一隻手捂著嘴，簡直好像被欺負了一樣。

他莫名覺得，陛下其實並沒有生氣。

原本應該謝罪的……但是，此時此刻，他突然不想這樣做。

——放縱一次吧……就放縱一次吧……

心中有這樣的聲音迴盪著，音量由弱到強，到最後彷彿主宰了他的思維；又或者是，他想這麼做已經很久了……

艾斯特站起身，快步走過去一把將坐在桌上的少女擁入懷中——綿軟的身體貼在胸前，髮絲的香氣溢滿鼻尖，這種美好，比任何夢境都要真實。彷彿被蠱惑了般，他低聲在她耳邊說：「陛下，請原諒我的失禮。」

「……都知道是失禮為什麼還要做？」她同樣低的聲音自他心口處傳出。

他微嘆了口氣，「對不起，我難以自持。」

「……」

艾斯特聲線低沉卻情感炙熱的說：「想要像現在這樣將您擁入懷中，想要像之前那樣盡情的親吻您，想要您的身邊永遠只有我一人，這樣的想法……是不是太自私了？如果是的話，請懲罰我吧，無論怎樣的刑罰我都願意承受。」

莫忘：「……」救命！好可怕！這傢伙好可怕！差點忘記了，這傢伙的「甜言蜜語」技能是滿點啊！從前就總是說些讓她囧然的話語。後來這傢伙大概是開始……咳咳咳，暗戀，於是變得悶……那啥了，那種話也就很少說了，結果現在一旦捅破了窗戶紙，這個技能立刻捲土重來了有沒有？！

最、最可惡的是！

她偏偏吃這套啊！

聽完後小心肝顫得厲害有沒有？特別想給他一巴掌再親他一下有沒有？

這一定不是她的錯！

「陛下？」艾斯特微微推開少女，疑惑的注視著她陰晴不定的臉色，「您……」看起來不像是生氣，但是……

「你……」莫忘嘴脣顫抖了一下，最終放棄的伸手扶額，「到底是從哪裡學來的這種話啊？肉麻死了！」

「……」

咳咳，其實這傢伙還真不是無師自通的，要真追究原因……誰讓家裡有對愛秀恩愛的父母呢？雖然常年不在家，但小時候見多了，自然而然就被帶歪了。

但看樣子，陛下很討厭？那麼以後他還是盡量少……

「只許對我一個人說。」

「？」

「敢對其他人說就弄死你。」莫忘色厲內荏的威脅著，「聽、聽到了沒有？」

「……」艾斯特抑制不住的笑出聲來，「是。」

莫忘皺了皺鼻子，伸出手猛戳這傢伙因為笑而微微顫動的胸腔，心道：哼！得意，讓你得意，遲早有你受的！

「陛下。」艾斯特突然鬆開莫忘，稍微後退了一步，握住她的手，收斂起臉上的笑容，神色肅穆的注視著她。

「什麼？」她被他嚴肅的樣子弄呆了，這傢伙不會又要做什麼破壞氣氛的事情吧？

「很抱歉，一直以來都沒有告訴您。」說話間，他將她的手貼在心口，「這顆心，每時每刻，只為您一個人而跳動。」冰藍色的眼眸中點燃著炙熱的火焰，「我愛妳。」

「……」

不是沒有聽他說過這樣的話。只是，第一次她忘記了很久很久，而且還是在那樣的情形下；第二次，他幾乎可以說是在她的「威逼」下才說出；而這一次，是真真正正的表白。

不用「我愛您」，而是「我愛妳」。

這份愛並不包含什麼仰望的情緒，而是純粹的一個男人對一個女人的愛戀。

莫忘也情不自禁的笑了起來，她將艾斯特的手拉過來，同樣貼在自己的心口處，「你在這裡。」不需要為他而跳動，因為他已經在很早之前就住進這裡了。

視線相接。

身軀相貼。

脣齒相依。

無須刻意催化，一切自然而然。

雨聲似乎變大了，淅淅瀝瀝的砸落在亭頂上、樹木上、花瓣上……雨的聲勢是那樣浩大，彷彿要刻意淹沒除了自己之外的一切聲響。

不知多久後，急雨停息。

秋季的雨水總是這樣，說來就來，說走就走，完全沒有章法，卻另有一番自然的美感。

此消彼長，亭子中的喘息聲清晰了起來。

少女騎坐在青年的腿上，雙手像是搭著又像是在推開他的胸，後背靠著石桌，有些急促的呼吸著。她的臉孔變得更加緋紅，嘴脣亦是紅潤無比，而宛如黑水晶般的眼睛則變得氤氳一片，彷彿可以滴出水來。

同樣有喘息，因為身體素質比較好的緣故，青年的呼吸很快就平定了下來，炙熱的雙眸卻依舊有些朦朧，他難以克制的再次湊近，依次啄吻著她的額頭、鼻尖，以及……

「喂……」她伸出手一把捂住他的嘴，聲音與其說是責怪，倒不如說是在撒嬌，「你夠了啊……」都這麼坑了她好幾次了，不帶故技重施的啊！

下一秒，她觸電似的縮回手，注視著掌心稍微有點濡濕的痕跡，恨恨的拍打他，「舔手心什麼的犯規啊！」

但緊接著，她的臉孔就被捧起來，他近乎急切的再次湊近，「陛下……」

原本想要閃躲的她直接被這聲低沉而熱烈的呢喃定住，而後就再次悲劇了……

莫忘淚流滿面：這也是犯規啊！犯規啊！

但很快，她就沒有心情想這些了。

就親、親一下便能弄成這樣？好不容易才泡到妹紙（被妹紙泡到？）的大齡單身漢傷不起啊！

★◎★◎★◎★◎

習慣是一個可怕的東西。但同時，也並非絕對不可改變的東西。

比如很多人都沒有想到，向來作為「晚睡早起標兵」的艾斯特有一天居然也會賴床，而且頻率還不能按偶爾算。

是春睏嗎？是夏睏嗎？是秋睏嗎？是冬眠嗎？

為啥只有最後一個不和諧？嗯，重點不在這裡，而在於艾斯特所需求的睡眠時間其實並非加長，而之所以沒辦法起床，是因為……

青年的目光落到她正甜笑著的睡顏，感受著她緊抱著自己腰肢的手臂，第無數次的認為，如果這個時候因為起床而將她驚醒，實在是一種不得了的罪過。

明明已經結婚了，每天醒來卻依舊覺得像做夢一樣。

陛下成為了他的妻子——這種事情不管怎麼想都充滿了不確定的虛幻感吧？

雖然按照傳統，這場婚姻締結成功、他在獲得「親王」的頭銜後，就失去了克羅斯戴爾家族的繼承權，改由弟弟艾米亞繼承家主之位，並且從此以後，他將無法掌握任何實權。但是，沒有什麼值得遺憾或者後悔的。

在他看來，這簡直不算是「等價交換」，失去的太少，得到的又太多。

像這樣幸運，也許會遭逢厄運的吧？

當然，最開始卸下一切事務時，他還是有點不習慣的。陛下似乎體察到了這一點，在辦公的時候總是把他拉到身邊，雖然再三說這「不太符合典規」，但是不一會兒就被她的「命令」打敗了，而且這些事務從前都是他手把手教她的，現在一起處理的確節約出許多時間。

不知不覺之間，她已經成為了一個優秀的魔王陛下。

只是，稍微有點愛賴床……

可是這個國家還有誰能命令她改掉這「小小」的愛好呢？

每當陛下從夢中被喊醒，睡眼惺忪的睜開雙眸，雙手可憐兮兮的抓著被沿，也不說話，就那樣一臉委屈的看著人——讓人情不自禁覺得這樣做實在是太殘忍了。

不光這一點像孩子，連睡覺的時候也是，他總會跟一隻……不行，這個量詞太有辱陛下的英明了。總之，陛下總會手腳並用的掛在他身上，尤其是夏天，按照她的說法原因是「艾斯特你身上涼涼的好舒服」。所以他每次想要悄悄起身實在是非常艱難的一件事，一不小心就會將她驚醒，而後看到那令人愧疚又憐愛的表情。

所以……

還是等陛下醒來吧。

於是，偉大的艾斯特大人就這樣養成了「賴床」的壞習慣，真是可喜可賀、可喜可……哪裡不對吧？

不過即便如此，等待的時間也並不無聊，就這樣靜靜的注視著她的容顏，時而……咳，稍微親近一下，實在是一種讓人欲罷不能的享受。

就像此刻……

青年的臉孔緩緩湊近，啄吻了一下熟睡女子小巧的鼻尖——之前她一直把頭鑽在被中，緊貼在他胸前，噴灑出的熱氣自然而然的讓鼻子稍微有點濕潤，現在被挖出來又變得涼涼的，親起來很舒服。

見她絲毫沒有被警醒的跡象，艾斯特微微一笑，小心的伸出正緊抱著她的手，撫摸著她已經及腰的黑髮，稍微有點涼的髮絲在指尖穿梭，如同游魚一般，他很愛這麼做。

又過了大約半小時，女子的眉頭微皺，有點不太老實的來回蹭了幾下臉後，又長長出了口氣，才緩緩睜開眼眸。不得不說，被驚醒和自己睡醒就是不一樣——莫忘的眼神很快就變得清明了起來。

如同心有靈犀，她笑著湊過去啄了啄丈夫的鼻尖，「我夢到你像這麼親我了。」

「……」

「奇怪的表情……你不會真的偷襲我了吧？」

「咳。」某人有些赧然的輕咳了聲。

雖然結婚已有一段時間，破下限的事情也做了不少，但這傢伙還是時不時會羞澀一下，讓莫忘深切覺得這傢伙可能有點精神分裂，可以退貨嗎？明明某些時候……咳，超級黏人的好嗎？一邊做著過分的事情，一邊用濕潤的懇求目光注視著她，好像拒絕他就是在欺負人一樣，偏偏她對於這樣的目光就是沒啥抵抗力！

之後卻「提起褲子不認人」，還動不動就羞澀一下，弄得好像她臉皮最厚似的……哼，真讓人不爽！

想到此，她縮回抱住他腰肢的手，直接抓住他兩隻耳朵拉扯，「壞蛋壞蛋壞蛋！」

艾斯特也沒有反抗，任由她抓著，還小心囑咐：「陛下，小心著涼。」

莫忘：「……」一拳打到空氣上的空虛感……她無奈的縮回手，開始在被子裡捶起某人的胸口。

沒錯，雖然已經結婚，雖然大部分時候稱呼從「您」變為了「妳」，但艾斯特還是習慣稱呼莫忘為「陛下」，怎麼改都改不掉，莫忘對此真是百思不得其解啊！直到英明睿智的湯表姐給出了答案——

「嘿嘿，當然是因為叫陛下的時候有種禁忌感啊！想像一下，每到那種時候，看著自己服侍的『王』躺倒在自己身下，一邊語調謙恭的喊著『陛下』，一邊以臣下之身侵犯國君，這是何等的讓人亢……啊！！！」

她話還沒說完，就被夏表姐拍飛了。

莫忘也覺得，艾斯特應該沒有這麼……陰暗吧？不、不管怎樣，這種事情……怎麼看都不科學吧？之後她也試著讓他改口，但最終還是以失敗告終。

每次想到這一點，她就會有一點小小的鬱悶。

哼唧了聲，莫忘再次湊上去，抱住自家丈夫一個翻滾，整個人就壓到了他的身上，雙手佯裝著掐住他的脖子，「說，錯沒錯？錯沒錯？」

「錯了。」某個妻控從善如流的道歉。

「那怎麼辦？」

「陛下妳想怎樣都可以。」

「……你以為這麼說我就會放過你嗎？真是太天……」未出口的話語因為身體感知到的變化而嚥入腹中，莫忘眼神奇怪的注視著艾斯特，「你你你……」

「陛下……」

「……」又來了，這種濕漉漉的眼神，但是這、這一次她絕對不會乖乖就範的！

魔界「接吻就能生孩子」的傳統在世界重新穩定後發生了變化，變得與現實世界一樣，但很多人的觀念至今都尚未改變，保持著「純淨」的心靈。話說回來，根據魔界的傳統和這傢伙從前的表現，怎麼看都應該是禁慾派吧？為什麼在解開某種限制後會變得……不管怎麼說也太容易……了吧？

有一次，她曾無語的問過：「我說，你到底是有多容易激動啊？」

結果這傢伙居然回答說：「萬分抱歉，只要在您的身邊，我總是難以自禁……」

「……別說得一切好像是我的錯一樣啊喂！」她咬牙，「那每天抱著我睡不是很辛苦？從現在起分床吧！」

「……」

但是，這個計畫不到短短三天就破滅了。每天睡醒之後下床都會踢到裹著被子的人什麼的……走出門口會踢到裹著被子的人什麼的……到達走廊上會踢到裹著被子的人什麼的……完全會惹人笑話的吧喂！

這傢伙為了「捍衛自己的領土」還真是無所不用其極。被責備也不辯解，就那麼略有點委屈的看著人，好像一切都是「把丈夫趕出臥室」的她的不對！明明有替他安排一間超豪華超舒適的房間好嗎？有必要這樣嘛喂！

更可惡的是，輿論走向完全站在他那一邊！ᕦ(`□´)ᕤ—

想到這裡的莫忘又默默咬牙，「自己解決！」

「陛下……」又是一聲呢喃，喘息逐漸急促，好像在催促著什麼。

莫忘：「……不許用這種『妳無情無義無理取鬧』的眼神看著我啊！」

盯。回盯。再盯。再回盯。繼續盯。繼續回盯。

叮咚！魔王陛下丟失HP1000，戰敗！

「你這混……唔！」

一個「美麗的早晨」再次由此展開。

不知過了多久，莫忘有點精疲力盡的趴在艾斯特胸前，微微喘著氣，雙眼不時合上，又猛然睜開，很有點困頓的樣子。

艾斯特一點點撫摸著她的黑髮，輕輕的嗅著她的頸窩，滿意的發現「陛下的身上再次布滿了我的味道」，不知是什麼時候發現自己居然有著這樣的惡趣味，但也許就像她所說的「這麼愛舔人，你上輩子是條狗吧？」那樣，不用自己的氣味打下「所有物」標籤的話，總會讓人心頭充滿了不安。

所以才會在那味道被洗去後一次次、一遍遍的想要……

「陛下。」

「什麼？」

「妳現在的樣子真的很美。」

「……」莫忘微微一愣，而後原本就紅潤的臉顏色更深，「說、說什麼呢，你是在變相的誇獎自己嗎？」磨牙，「你現在的樣子醜爆了哦！」

「比起妳來，萬事萬物都黯然失色。」

「……」又是滿級的「甜言蜜語」技能，她敗了！但是，「如果你敢說什麼『請讓我看看妳更美的樣子』，我就和你分居半個月！這一次，說到做到！」

艾斯特：「……」

「你那種『啊，真可惜』的表情是怎麼回事？」

「咳。」

「……所以說，不要在這種時候又鬧什麼羞澀啊啊啊！」好像她才很無恥一樣！

總、總之，雖然有著各種各樣的「不滿」，但魔王陛下與公爵大人的婚後生活似乎挺圓滿，這樣……就夠了吧？

嗯，就夠了。

番外《另一個結局：守護者的甜言蜜語》完

《拯救世界吧！少女魔王！》全套七集完結，全國各大書店、租書店、網路書店，強力熱賣中！

飛小說系列154

拯救世界吧！少女魔王！07（完）

魔王陛下的結束與新生！

出版者■典藏閣
作　者■三千琉璃　繪　者■重花
總編輯■歐綾纖
製作團隊■不思議工作室
郵撥帳號■50017206 采舍國際有限公司（郵撥購買，請另付一成郵資）
台灣出版中心■新北市中和區中山路2段366巷10號10樓
電　話■(02)2248-7896　傳　真■(02)2248-7758
物流中心■新北市中和區中山路2段366巷10號3樓
電　話■(02)8245-8786　傳　真■(02)8245-8718
ISBN■978-986-271-726-4
出版日期■2016年11月
全球華文國際市場總代理／采舍國際
地　址■新北市中和區中山路2段366巷10號3樓
電　話■(02)8245-8786　傳　真■(02)8245-8718
新絲路網路書店
地　址■新北市中和區中山路2段366巷10號10樓
網　址■www.silkbook.com
電　話■(02)8245-9896
傳　真■(02)8245-8819

☞您在什麼地方購買本書？☜

1. 便利商店（______市／縣）：□7-11　□全家　□萊爾富　□其他____________

2. 網路書店：□新絲路　□博客來　□金石堂　□其他________

3. 書店（______市／縣）：□金石堂　□蛙蛙書店　□安利美特animate　□其他____

姓名：________地址：______________________________

聯絡電話：________電子郵箱：__________________________

您的性別：□男　□女　　　您的生日：________年________月________日

（請務必填妥基本資料，以利贈品寄送）

您的職業：□上班族　□學生　□服務業　□軍警公教　□資訊業　□娛樂相關產業

□自由業　□其他__________

您的學歷：□高中（含高中以下）　□專科、大學　□研究所以上

☞購買前☜

您從何處得知本書：□逛書店　□網路廣告（網站：__________）　□親友介紹

（可複選）　□出版書訊　□銷售人員推薦　□其他______________

本書吸引您的原因：□書名很好　□封面精美　□書腰文字　□封底文字　□欣賞作家

（可複選）　□喜歡畫家　□價格合理　□題材有趣　□廣告印象深刻

□其他______________

☞購買後☜

您滿意的部份：□書名　□封面　□故事內容　□版面編排　□價格　□贈品

（可複選）　□其他

不滿意的部份：□書名　□封面　□故事內容　□版面編排　□價格　□贈品

（可複選）　□其他

您對本書以及典藏閣的建議______________________________

____

____

✌未來您是否願意收到相關書訊？□是　□否

✎感謝您寶貴的意見✎

印刷品

$3.5
請貼
3.5元
郵票
不思議信箱
FUSIGI POST

235 新北市中和區中山路二段366巷10號10樓

華文網出版集團　收

（典藏閣－不思議工作室）